Am Nymphenburger Kanal

Herbert Fröschl

Damals in Neuhausen

Erinnerungen

ANHANG

Gertrud Fröschl

Meine Fahrten 1934 – 1939

Auszüge

Impressum

Bibliografische Information der Deutschen Nationalbibliothek
Die Deutsche Nationalbibliothek verzeichnet diese Publikation
in der Deutschen Nationalbibliografie; detaillierte bibliografische Daten sind im Internet über http://dnb.dnb.de abrufbar.

1.Auflage November 2019

© 2019 Herbert Fröschl
✉ h.froeschl@web.de

Herstellung und Verlag
BoD - Books on Demand, Norderstedt

ISBN: 978-3-7504-0081-8

Die Autoren

Herbert Fröschl

Herbert Fröschl wurde 1956 in Kempfenhausen am Starnberger See geboren. Nach dem Abitur am Wittelsbacher Gymnasium in München studierte er Maschinenbau an der TU München. Nach 34 Jahren in München zog er 1990 mit seiner jungen Familie nach Landshut, wo er seit kurzem nach vielen Jahren bei BMW seinen Ruhestand genießt.

Gertrud Fröschl

Gertrud Fröschl, geb. Trautner, wurde 1920 in München geboren. Nach der Realschule arbeitete sie bei der Stadt München, heiratete 1944, bekam zwei Söhne und widmete sich nach dem Krieg ausschließlich ihrer Familie und ihrer Leidenschaft Berge und Natur.
Sie starb 2001 in München.

Inhalt

Warum?

In meiner Generation wird es doch ein bisschen anmaßend empfunden, seine „Memoiren" zu schreiben. Bin ich ein Politiker oder ein Fußballstar oder gar ein Künstler, dessen Ergüsse von öffentlichem Interesse sein könnten? Ich bin es nicht, ich bin ein einfacher Maschinenbauingenieur des Nachkriegsdeutschlands, der trotz mittelmäßiger schulischer Leistungen einen guten Job ergattert, eine nette Frau gefunden und mit ihr zusammen drei sympathische Kinder großgezogen hat, der mit 60 Jahren ein zweites Leben mit einer liebenswerten Partnerin begonnen hat und nun versucht, die letzte Phase seines Lebens zu genießen. Trotzdem sitze ich jetzt an meinem PC und verwende Zeit darauf, die Erinnerungen meiner Kindheit und Jugend niederzuschreiben.

Warum? Dafür gibt es zwei gravierende Motivationen: Zum einen bin ich, ich glaube immer schon, ein Mensch, der lieber zurückblickt als nach vorne. Die Geschichte der Welt, die Biografien berühmter Entdecker und Alpinisten, die Faszination alter Segelschiffe, sie haben mich seit jeher mehr gereizt als die Zukunft, die ich mit meinen Gedanken nur schwer greifen und in geordnete Bahnen lenken kann. Daher fällt mein Blick auch immer wieder auf die eigene Vergangenheit und das Gehirn, unser Mega-Computer, wird zwangsläufig aufgefordert, in den hinteren Winkeln der Festplatten nach verschollenen Einzelheiten zu forschen. Das Erzählen dieser Details, das ich zur Freude meiner Frau in letzter Zeit intensiviert habe und vor allem das Aufschreiben derselben verstärkt den Prozess und fördert weitere Erkenntnisse zutage.

Zum anderen erstreckt sich meine Rückschau natürlich

auch auf meine Wurzeln, meine Eltern, Großeltern, meine beiden Onkel und meine Tante. Dabei wird mit jedem dazugewonnenen Detail ihres Lebens immer schmerzlicher bewusst, wie viele Gedanken und Hintergründe unwiederbringlich verloren sind. Was haben sie gedacht, wie haben sie ihre Zeit erlebt, was waren ihre Wünsche und Hoffnungen, ihre Gefühle und Absichten? Sicher, als 20- bis 40-Jähriger hätte ich noch genug Zeit gehabt. Ich hätte meine Eltern, meinen Großvater noch fragen können, sie interviewen oder wie auch immer anregen können, aus ihrem Leben zu erzählen. Wie die 30-Jährigen vor und nach mir hat mich das aber nicht wirklich interessiert, ich habe nichts dergleichen gemacht. Meine Nichte Petra hat es besser verstanden, sie hat es in die Tat umgesetzt mit ihrer Großmutter Thea, ein einmaliges Video-Dokument ist dabei entstanden. Das war am Anfang des neuen Jahrtausends. Für mich und für eine Nachahmung meinerseits war die Zeit damals leider abgelaufen, meine Eltern waren bereits verstorben. Dieses Versäumnis ist eine Triebfeder meiner „Erinnerungen". Gerade als Vater von drei Kindern ist die Vorstellung, dass irgendwann in späteren Jahren Geschichten und Gedanken an Generationen weitergegeben werden können, die das Bild eines Vorfahren schärfer werden lassen, doch sehr beruhigend.

Wie

Wie ist es möglich, dass sich 60-, 70-Jährige an solche Details ihrer Kindheit erinnern? Diese Frage stellt sich dem interessierten und zur Analyse neigenden Leser zwangsläufig bei der Lektüre von Memoiren bekannter Persönlichkeiten. Ich selbst kann mir nur vorstellen, dass bestimmte Ereignisse zwar im Gedächtnis bleiben, die Lücken jedoch mit Vermutungen und Annahmen „interpoliert" werden müssen, um das stets vollständige Bild der Lebensphasen wiederzugeben. Ich werde mich deshalb auf einzelne Themengebiete anstelle von Chronologie beschränken, in der Hoffnung, dass auch dadurch oder vielleicht auch gerade deshalb ein schlüssiges Bild meiner Kindheit und Jugend entstehen wird.

Meine Eltern

Meine Eltern sind beide 1920 geboren. Das bedeutet, ihre Jugend war geprägt von der Weimarer Republik und vom 2. Weltkrieg, von den goldenen Zwanzigerjahren, aber auch von den Folgen des Versailler Vertrages. Der – damals noch nicht als erster benannte – Weltkrieg war vorbei, das Land konnte aufatmen, war aber auch innerlich gedemütigt durch die Knebelbedingungen der alliierten Siegermächte. Deutschland war der Buhmann Europas geworden und ich glaube schon, dass sich das auf die allgemeine Psyche ausgewirkt hat. Wer sich so wie ich über die Goldmedaillen der Deutschen Mannschaft bei Olympia oder bei Weltmeisterschaften freut, der hat sicher im Ansatz eine Vorstellung davon, was es für unser Volk damals bedeutete, dass es einen Menschen gab, der ihm sein Selbstwertgefühl nach und nach wieder zurückgab. Dass hinter diesem Mann und seinen Erfolgen ein System stand, das den Bogen total überspannte und langsam aber sicher dafür sorgte, dass aus Deutschland die verbrecherischste Nation zumindest des 20. Jahrhunderts wurde, nahmen wohl viele nicht wahr oder sie wollten es nicht wahrhaben. Als dann aus der Erfolgsstory (Eigene Wehrmacht, Olympiade, Anschluss Österreich und Sudetenland) plötzlich ein Krieg wurde und die Menschen langsam zu begreifen begannen, dass wir wieder einmal die ganze Welt zum Feind hatten, da hatten sie auch gleich andere Probleme. Die Angst um die Söhne wurde anfangs etwas kompensiert durch die Erfolge der Wehrmacht, aber diese Euphorie wich nach und nach der Angst und der Sorge um das eigene Leben und das seiner Freunde und Verwandten. Das geordnete Leben brach mehr und mehr auseinander und erforderte eine

Improvisation in vielen Lebenslagen. Wie viel Zeit ist da noch geblieben, um zu erkennen, dass das deutsche Volk von einem Verrückten gnadenlos verheizt wurde und ganz nebenbei noch Millionen von Menschen in den Vernichtungslagern eliminiert wurden?

Wussten sie es oder ahnten sie es und wollten sie es lieber nicht wissen? Diese Frage wird wohl nie endgültig beantwortet werden. Viel zu spät, eigentlich erst nach dem Tode meiner Eltern, habe ich begonnen, mich mit dieser Frage zu beschäftigen und war somit nicht mehr in der Lage, Ihnen diese Frage ganz konkret und hartnäckig selbst zu stellen.

Sicher, es wurde in unserem Hause darüber gesprochen. Über die Schäden der Fliegerbomben an unserem Haus und die damit verbundenen Probleme und Einschränkungen, über meine beiden Onkel, die in Narvik 1940 und in der Ukraine 1944 gefallen waren und über die harten Rationierungen, die im und nach dem Krieg den Speiseplan nachhaltig beeinflusst hatten. Über das Dritte Reich selbst wurde praktisch nie gesprochen. Bei rhetorischen Angriffen der familiären Jugend auf den Nationalsozialismus sah sich mein Vater meist genötigt, mehr oder weniger impulsiv das allseits bekannte Argument der „Arbeitsbeschaffung durch den Autobahnbau" vorzubringen, aber über seine Kriegserlebnisse – er war nie an der Front - durfte er nicht erzählen, da meine Mutter dies grundsätzlich mit einem „Hör doch auf mit den alten Geschichten!" unterband. Wenn ich es mir recht überlege, wurde nicht einmal über die 30-er Jahre geredet, die doch für meine Eltern mit HJ und BDM eine mehr als erfüllte Zeit gewesen waren. Irgendwie haben sie wohl Anfang der Fünfzigerjahre, als das Leid doch endgültig der Vergangenheit angehörte und der

Wirtschaftsaufschwung Leib und Seele beflügelte, für sich beschlossen, die ersten 25 Jahre ihres Lebens in eine nur schwer zu öffnende Schublade zu stecken und sich ganz auf die Zukunft zu konzentrieren. Vermutlich haben es viele ihrer Mitmenschen so gemacht.

Meine Eltern sind beide in München geboren. Mein Vater ist in der Westendstraße auf der Schwanthalerhöhe aufgewachsen, war in der Bergmann- und später in der Ridlerschule und hat vor oder/und nach dem Krieg das Oskarvon-Miller-Polytechnikum (heute Fachhochschule in der Dachauerstraße) absolviert.

Meine Mutter ist in Ludwigshöhe aufgewachsen, einem kleinen Viertel zwischen Solln und Thalkirchen am Isarhochufer. Nachdem sie die Schule an der Boschetsrieder Straße hinter sich gebracht hatte, ist die Familie nach Neuhausen gezogen, da mein Großvater zurück an die Dom-Pedro-Schule versetzt wurde. Nach einer kurzen Zeit in der Frundsbergstraße 21 zogen sie ca. 1930 in die Volkartstraße 28, wo meine Eltern letztendlich bis zum Jahr 1998 wohnten.

Die restliche Schulzeit verbrachte meine Mutter am Institut der Englischen Fräulein neben dem Schloss Nymphenburg. Nach der Mittleren Reife dort bekam sie einen Job bei der Stadt München und arbeitete als Schreibkraft im „neuen“ Hochhaus in der Blumenstraße, das auch heute noch steht und innerhalb der Stadtverwaltung als Hochhaus bezeichnet wird. Sie hat die Zeit von 1932 bis 1939 in einigen schwarzen Wachstuchheften in der damals noch üblichen Sütterlinschrift festgehalten, aber aus der Tatsache, dass sie eigentlich nur über die absolvierten „Fahrten“ und Ausflüge schreibt, kann man schließen, dass auf diese Freizeitaktivitäten hin ihre ganzen Sinne ausgerichtet waren und die Arbeit bei der Stadt doch eher nur Mittel zum Zweck war.

Die Aufzeichnungen meiner Mutter sind sicher keine literarischen Höhenflüge, aber sie geben doch einen ganz guten Einblick in die Zustände und Gefühlsregungen eines weiblichen Teenagers im Dritten Reich. Aus diesem Grunde habe ich mich entschlossen, eine Auswahl davon als Anhang an dieses Büchlein anzufügen. Ob die Gedankengänge meiner Mutter typisch für die damalige Zeit waren, vermag ich nicht zu beurteilen, aber interessant sind sie allemal, insbesondere natürlich für alle Mitglieder meiner Familie, da auch das erste Treffen und die Anfänge der Beziehung meiner Eltern in diese Phase fällt.

Kennengelernt haben sich meine Eltern in der Jugendherberge in Josefstal am Schliersee im Januar 1937. Anfangs war es seitens meiner Mutter wohl nur Sympathie und die eitle Freude darüber, dass sich ein so fescher junger Mann in sie verliebt hat, mit der Zeit scheint aber doch die Ernsthaftigkeit, mit der mein Vater die Beziehung betrachtet hat – in Verbindung mit seinem unermüdlichen Zupacken in jeder Lage – einen tieferen Eindruck hinterlassen zu haben. Von den Motiven meines Vaters ist nichts Näheres bekannt, aber die Beziehung hat die schwere Zeit des Krieges überstanden und ist im Oktober 1944 durch die Hochzeit zu einer wirklich lebenslänglichen geworden.

Die Jugendjahre meiner Eltern waren geprägt durch sportliche Aktivitäten, in erster Linie in dem von beiden so geliebten Gebirge. Freizeit und Wochenende und vor allem Urlaub hatte nur einen Namen: Berge. Sei es mit den Vereinen bzw. Verbänden wie Hitlerjugend und BDM, sei es mit Freunden wie dem SI-BU-KE meiner Mutter (sieben Mädchen hatten sich zum sog. Sieben-Bund-Kesselberg zusammengefunden) oder einfach gemeinsam in unterschiedlichen Gruppen, sommers wie winters war das Ziel immer das Gleiche. Manchmal wurde es mit dem Rad angefahren, meistens jedoch mit der überall allgegenwärtigen Bahn. Das Wetter war zwangsläufig egal, sodass die stets angesetzten Übernachtungen in Jugendherbergen und Berghütten oft zu einer ungemütlichen Angelegenheit wurden. Die Kameradschaft hat das aber allemal gefördert und die Begeisterung meiner Eltern blieb ungebrochen. Erst nach dem Krieg begann man, seine Fühler auch über die bayrischen Alpen hinaus auszustrecken. Man fuhr in die Dolomiten und an den Gardasee, aber immer wieder auch nach Sylt, das wohl als Gegenstück zum Gebirge einen ganz besonderen Reiz ausübte. Später sind meine Eltern oft in die Schweiz gefahren, nach Flims oder ins Engadin. Grundsätzlich waren sie ja seit jeher gewohnt, mit dem Zug zu fahren, und genauso waren sie gewohnt, ihre Urlaube selbst zu planen und alleine oder mit einem befreundeten Paar zu reisen. Erst in fortgerücktem Alter haben sie begonnen, Busreisen zu unternehmen und haben so ihr Spektrum auf ganz Italien, Frankreich und sogar Spanien ausgedehnt. Nur nach Narvik, ans Grab meines Onkels, hat es meines Wissens nie geklappt.

Der Krieg war eine harte und wahrscheinlich auch prägende Zeit für meine Eltern. Mein Vater wurde bald eingezogen und tat Dienst als Ingenieur bei der Luftwaffe, zumeist als Bodenpersonal. Seine Stützpunkte waren nach meinem Wissen vor allem Mengen bei Sigmaringen und Göppingen auf der Schwäbischen Alb. Auch wenn er sich in einem Brief an einen Bekannten anfänglich geärgert hat, nicht direkt an der Front zu sein, wird er es im Verlauf des Krieges doch kaum bereut haben.

Nachdem meine Großeltern kurz vor Kriegsausbruch nach Haag gezogen waren, lebten meine Mutter (und höchstwahrscheinlich ihre Schwester Liesl, Jahrgang 1926) allein in der Volkartstraße. Meine Mutter hat damals bei der Stadt gearbeitet, über meine Tante weiß ich so gut wie nichts. Im Jahr 1944 detonierte eine Bombe im Hinterhof und die halbe Rückwand plus Balkone und Toiletten brach zusammen. Nach einer notdürftigen Reparatur war das Haus weiterhin bewohnbar und die Geschichte, wie es meinem Vater trotz des allgemeinen Notstandes gelang, eine neue Kloschüssel zu organisieren, wurde als eine der wenigen Kriegsepisoden immer wieder erzählt. Aufgrund der vielen Zerstörungen in München wurden jedoch in jedes der vier Zimmer eine fremde Person oder sogar Familie einquartiert. Die letzte dieser Mitbewohnerin war die Hierl-Oma, die (zuerst mit ihrem Mann) das hintere Zimmer bewohnt hat und erst in den 50-er Jahren ins Altersheim an der Rümannstraße gezogen ist. Wir haben sie noch öfters besucht, für meinen Bruder Rudi ist sie wohl eine Art dritte Oma gewesen, die meiner Mutter immer geholfen hat.

Bis auf ein paar immer wiederkehrende Geschichten (s.o.) ist von meinen Eltern wenig über den Krieg geredet worden. Als Kind war mir das egal, aber im Nachhinein tut es mir sehr leid, dass ich nicht mehr darüber erfahren konnte. Nicht nur die schlimmen Begebenheiten hätten mich dabei interessiert, sondern vor allem auch die Einstellung meiner Eltern zum Dritten Reich insgesamt. Speziell mein Vater gehörte wie schon erwähnt der Generation an, die immer wieder darauf hinwies, dass der „Adolf" den Wirtschaftsaufschwung gebracht hat, dass er die Arbeitslosigkeit beseitigt und die vielen Autobahnen gebaut hat, aber im Gegensatz zu seinem Onkel Heinz (→ Onkel und

Tanten) war er sicher kein Nazi. Von der Hitlerjugend und dem BDM waren beide Eltern gleichermaßen begeistert, bildeten sie doch das Grundgerüst einer kameradschafts- und erlebnisreichen Jugend, aber schon die Tatsache, dass meine Mutter beide Brüder im Krieg verloren hat, hat sie sicher eine sehr nüchterne Einstellung zu den damaligen Ereignissen einnehmen lassen.

1947 ist mein Bruder auf die Welt gekommen, als nächstes sollte es aber ein Mädchen werden. Das wurde wohl auch hartnäckig versucht, hat aber erst geklappt, als ich mich angemeldet habe. Dass es dann wieder ein Bub geworden ist, hat vielleicht zuerst für Enttäuschung gesorgt, aber diese wurde durch meinen Charme sicher in kürzester Zeit aufgehoben.

Wie jeder halbwegs normale Sohn, so fühlte auch ich mich ziemlich wohl zu Hause, auch wenn es immer wieder Streit und Dispute speziell mit meinem Vater gab. Aber ein schönes Zimmer in Neuhausen, eine Mutter, die sich um alles kümmert und ein voller Geldbeutel (durch meinen Or- gelunterricht im →Orgelstudio) ließen in mir vorerst kein Bedürfnis aufkommen, in eine eigene Wohnung zu ziehen. Ob es dann doch die Sticheleien meiner Eltern waren oder das Bedürfnis, mit dem einen oder anderen weiblichen Gast wirklich ungestört zu sein, jedenfalls wurde der Wunsch nach eigenen vier Wänden größer, als ich die Mitte der Zwanziger erreichte. Ohne größere Anstrengung meiner- seits wurde mir plötzlich ums Eck in der Orffstraße 1 eine kleine Wohnung im 3.Stock angeboten, die ich begeistert annahm. Mein Vater zahlte mir – sozusagen als ausklin- gende Unterstützung – die Miete, ich war auch herzlich zum Essen in der Volkartstraße eingeladen, aber meine Mutter weigerte sich von Anfang an, meine Wohnung zu betreten geschweige denn, dort tätig zu werden, zu putzen oder meine Wäsche zu waschen. Das war auch gut so, ich kaufte eine kleine Waschmaschine und war dort vom ersten Tag an selbstständig. Nach zwei Jahren lernte ich meine zukünftige Frau kennen, die bald darauf bei mir einzog. Nachdem wir geheiratet hatten, wurde im gleichen Stockwerk eine größere Wohnung frei und wir wechselten sozusagen von Tür zu Tür.

Solange ich in der Orffstraße wohnte, sah ich meine Eltern kaum öfters als einmal pro Woche, aber ich war in der Nähe, und wenn es Probleme gab, doch sehr schnell zur Stelle. Als wir dann aber Nachwuchs bekamen, uns intensiv um eine größere Wohnmöglichkeit und vor allem den heiß ersehnten Grünanteil bemühten und schließlich nach Landshut bzw. Ergolding bei Landshut zogen, war das für meine Eltern doch ein ziemlicher Schock. Meinem Vater war weiter nichts anzumerken, sein Alkoholproblem wurde dadurch weder besser noch schlechter, aber meine Mutter hatte doch einen kleinen Zusammenbruch. Sie lag ein paar Wochen im Rotkreuzkrankenhaus, wurde dort fürsorglich vom Assistenzarzt Dr. Wolfgang S. betreut und wurde danach ohne größere Diagnose wieder entlassen. Das einzige war, dass ein leichter Diabetes festgestellt wurde, der sie aber nicht wirklich beeinträchtigt hat. Meines Wissens hat sie nie gespritzt und immer, wenn sie mit uns zusammen war, hat sie „einmal eine Ausnahme" gemacht und den normalen geliebten Kuchen gegessen. Überhaupt hat sie sich von dem Schock doch bald erholt und zunehmend festgestellt, dass die Entfernung zu Sohn und Enkelkindern zwar größer geworden war, man sich aber deswegen nicht weniger oft traf. Jeden zweiten oder dritten Sonntag kamen meine Eltern mit dem Zug nach Landshut und verbrachten den Nachmittag bei uns. Dass mein Vater mehr oder weniger beim Eintreffen auf seine Uhr schaute und den Abfahrtszug ankündigte, war eigentlich ortsunabhängig, denn das hat er bei jedem seiner Besuche grundsätzlich gemacht und meine Mutter hat zeitlebens ohne Erfolg versucht, ihn davon abzubringen.

Was die Beziehung meiner Eltern betrifft, in meiner Kindheit und Jugend habe ich davon noch nichts bemerkt, aber jetzt, im reifen Alter, kann ich schon sagen, dass diese nicht die allerbeste war. Meine Mutter war zeitlebens eine sehr aktive, gradlinige und wahrscheinlich auch dominante Frau, mein Vater hingegen war zwar alles andere als egoistisch, aber doch ein sehr ichbezogener, introvertierter Mensch. Er war als Einzelkind aufgewachsen (eine ältere Schwester war bereits vor seiner Geburt verstorben) und hatte unter der Obhut von den Eltern und zwei verheirateten kinderlosen →Tanten ein umsorgtes Pascha-Leben geführt. Im praktischen Leben wusste er sich in allen Lebenslagen zu helfen, aber sein Seelenleben im Gleichgewicht zu halten, hat er nie ganz geschafft. Im Beruf war er sicher ein erfolgreicher (wenn auch höchstwahrscheinlich wenig beliebter) Fachmann, wenn es aber darum ging, zu Hause Gefühle zu zeigen, dann war bei ihm Funkstille. Solange die Kinder klein waren, war er stets mit Unternehmungen und Spielzeugbau zur Stelle, Verständnis für seine pubertierenden Söhne konnte er dagegen nie so richtig aufbringen. Dafür hat er, was uns Kindern nur so nebenbei auffiel, seinen Ausgleich zum anstrengenden Job zunehmend im Alkohol gesucht. Wir wussten, dass an bestimmten Stellen in unserer Abstellkammer stets ein dunkles Bockbier oder ein Rotwein namens „Corrina" stand, haben dem aber nie so richtig Bedeutung beigemessen. Als allerdings beide Buben ausgezogen waren und mein Vater mit meiner Mutter allein zu Hause war, ist sein Zustand immer schlimmer geworden. Nachdem er 1985 in Pension gegangen war, ist er mehr und mehr auf härtere Getränke umgestiegen und hat meine Mutter damit immer wieder an den Rand der Verzweiflung gebracht. Sie, die sich so auf den Ruhestand gefreut hatte, um endlich nach Herzenslust wandern und bergsteigen zu können, stand nun vor den Trümmern ihrer Beziehung. Mein Vater war zum richtigen Alkoholiker geworden und die ganze Familie – aber natürlich in erster Linie meine Mutter – musste darunter leiden. Klinikaufenthalte, Hochs und Tiefs mit Ausreden und Lügen, waren seine ständigen Begleiter.

Im Sommer 1998 war meiner Mutter eine nahezu schlagartige Verwirrtheit anzumerken, die uns (meinen Bruder und mich) drängte, einen Heimplatz für beide zu finden. Dieser Plan war von uns schon lange angesprochen worden, aber immer auf taube Ohren gestoßen. Kein Heim war ihnen recht, einzig allein das Marienstift in der Taxisstraße schien von der Lage her in Betracht gezogen zu werden.

Jetzt war der Zeitpunkt endgültig gekommen. Wir wurden zusammen mit meiner Mutter bei der dortigen Heimleitung vorstellig und aufgrund der Tatsache, dass sich meine Eltern tatsächlich einige Jahre vorher dort angemeldet hatten, bekam meine Mutter im November 98 relativ kurzfristig ein Zimmer. Das nächste halbe Jahr war für meinen Bruder und mich sehr anstrengend. Mein Vater war alkoholabhängig und lag regelmäßig unansprechbar in seiner Wohnung, meine Mutter war leicht dement (früher hätte es verkalkt geheißen) und wusste heute nicht mehr, was sie gestern getan hatte. In den wachen Momenten, die es trotz der Alkoholmenge immer wieder gab, sprach mein Vater regelmäßig davon, nicht ins Heim zu meiner Mutter ziehen zu wollen. Das Angebot aber, ein anderes Heim für ihn zu suchen, lehnte mein Vater ab, da meine Bedingung dabei war, dass ER es meiner Mutter beibringen müsste.

Im April 1999 bekam mein Vater dann ebenfalls ein Zimmer im Marienstift – Doppelzimmer gab es dort nicht - und konnte zum 1.Mai einziehen. Rudi und ich räumten also die langbewohnte Wohnung in der Volkartstraße aus und verfrachteten die wichtigsten Dinge in das neue Zuhause. Nachdem sich mein Vater dem äußeren Anschein nach sehr gut in seinem Zimmer und auch im Heim eingelebt hatte, ist er nach 14 Tagen am 13. Mai ganz plötzlich gestorben.

Meine Mutter war zu diesem Zeitpunkt schon nicht mehr ganz Herr ihrer Sinne, was auf den ersten Blick aber nicht unbedingt zu bemerken war. So rief sie kurz nach dem Tod meines Vaters alle Bekannten und Verwandten an und versprach ihnen, das Datum der Beerdigung rechtzeitig nachzuliefern. Das vergaß sie dann völlig und so kam es, dass ein paar Freunde und vor allem seine Cousine Liesl vergeblich auf einen Anruf warteten und am Ende nicht zur Beerdigung ihres „Lieblingscousins" erschienen, was sie uns noch lange Zeit übelgenommen hat.

Mein Vater hatte für den Fall seines Todes detaillierte Anweisungen hinterlassen, was Sarg, Sterbebilder und ähnliches betraf. So wollte er feuerbestattet werden, was für uns bedeutete, dass wir mit der Trauerfeier und Beisetzung der Urne solange warten konnten, bis meine Tante Liesl aus Amerika nach Deutschland kam und bei der Feier dabei sein konnte.

Nach dem Tod meines Vaters gelang es meiner Mutter, das Zimmer meines Vaters zu bekommen, das sie von

Anfang an mit neidvollem Blick begutachtet hatte. Die folgenden 2 ½ Jahre konnte sie dann glaube ich doch noch ein bisschen genießen. Sie war zwar etwas verwirrt und nicht mehr in der Lage, größere Dinge zu planen, aber das war andererseits auch ein Segen, da ihre Ansprüche, was Unterhaltung betraf, dadurch sehr übersichtlich geworden waren. Anfangs schaffte sie es noch, alleine mit der Bahn nach Landshut zu fahren, später wurde sie dann abgeholt oder von Rudi mitgebracht. Auf jeden Fall hat sie so noch viel Zeit mit ihren Enkelkindern verbringen können, mit denen sie mit großem Eifer gespielt, gebastelt, gelesen und im Advent das legendäre Lebkuchenhaus gebaut hat. Nebenbei war sie eine dankbare Zuhörerin für alle Arten von musikalischen Darbietungen, die meine Kinder oft ohne Pause produzierten.

Am Ende hat sie dann vielleicht die hartnäckige Ignorierung ihres Bluthochdrucks und ihres Diabetes eingeholt. Im November 2001 hat sie einen Schlaganfall erlitten und ist nach einer Woche im Schwabinger Krankenhaus gestorben, ohne wieder ansprechbar zu sein. Sie hat uns damit die Entscheidung über eine künstliche Ernährung rechtzeitig abgenommen. Natürlich hätten wir beiden Eltern noch ein paar Jahre mehr gegönnt, aber zumindest ist beiden der Wunsch, nicht in der Pflegeabteilung zu enden, erfüllt worden.

Großeltern Fröschl

Mein Großvater väterlicherseits, Josef Fröschl, ist im Jahr 1891 in Bayrisch Eisenstein geboren. Aufgewachsen ist er in Prien am Chiemsee, wo er nach der Schule eine Schlosserlehre absolvierte. Er hat mir oft erzählt, wie er mit seiner Mutter nach dem Schulabschluss verschiedene Handwerksbetriebe besucht hat. Dabei hat sich die Schlosserwerkstatt als wesentlich sauberer präsentiert als die Schreinerei, in der ihn nach seinen Worten Wolken von Sägespanstaub empfangen haben. So ist er eben zum Schlosserberuf gekommen, der ihn dann direkt zur Eisenbahn geführt hat. (Bis zum Ende des 20. Jahrhunderts hat die Bahn nur ausgebildete Schlosser oder Elektriker zum Lokführerlehrgang zugelassen). Nach der Lehre, also ca. 1908 ist er also sofort zur Bahn gegangen, was damals wohl sein Glück war, denn bei Ausbruch des 1. Weltkrieges war er schon ausgebildeter Lokführer und durfte deshalb nicht eingezogen werden. Man brauchte ja die Bahn dringend zur Beförderung der Soldaten und ihrer Gerätschaften. Bei der Bahn ist er geblieben, sein Leben lang, er hat zuerst Dampfloks gefahren, dann aber relativ früh auf die damals neuen Elloks gewechselt.

Bevor er 1956 in Pension ging (Lokführer waren damals Beamte), arbeitete er einige Jahre in einem zu dieser Zeit üblichen Schema: 3 Lokführer teilten sich rund um die Uhr eine Lok und seine Lok war die E 18 17. Als die Loks Ende der 60-er Jahre auf neue Nummern (z.B. 1 für E) umgestellt wurden und die alten Lokschilder nicht mehr gebraucht wurden, hat mein Vater es geschafft, ein Lokschild dieser E 18 17 zu organisieren. Es hängt bei mir im Speicher und zählt zu meinen schönsten Bahn-Erinnerungen.

Meine Großmutter war zeitlebens klein und das, was man positiv als vollschlank bezeichnen kann. 1895 geboren, war sie in der Westendstraße in einem Handwerkerbetrieb aufgewachsen, denn mein Urgroßvater war Kunstschlosser gewesen und hatte vielerlei formschöne Gegenstände hergestellt. Wie sich die Beiden kennengelernt haben weiß ich nicht, aber es existieren noch ein paar Briefe, die mein Großvater sehr höflich und förmlich an seine Mari geschrieben hat, um das eine oder andere Treffen zu vereinbaren oder – aus beruflichen Gründen – abzusagen. Mein Großvater war ja immer in Bahnhofsnähe unterwegs und hat auch mal eine Zeit lang in der Hacker Brauerei gearbeitet, aber wie er zu seiner Mari gekommen ist, werden wir nie erfahren. Die beiden haben dann jedenfalls bei den Schwiegereltern in der Westendstraße oder zumindest in der allernächsten Nähe gewohnt, bis sie etwa 1930 in die Heimeranstraße 48 umgezogen sind. Dort haben sie gewohnt, bis sie 1971 ins Heim mussten.

Da also mein Großvater 1956 in Pension gegangen war, konnte er sich – immer noch rüstig und fit – um seinen jüngeren Enkel sehr intensiv kümmern. Dadurch habe ich im Laufe der Jahre viel Zeit mit meinen Großeltern verbracht. Als ich drei oder vier Jahre alt war, gab es einen regelmäßigen Tag pro Woche, an dem holte mich mein Großvater morgens ab, mit dem Rad oder mit der Trambahn und wir fuhren in die Heimeranstraße. Dort gab es oft meine Leibspeise, 2 „Gschwollne" (Wollwürste), dazu eine Salzstange und mein absolutes Lieblingsgetränk, ein gelbes Limo mit Namen Ravilla. Nachmittags dann oft „Rimini"-Kekse, die ich auch oft selbst mit einkaufen durfte: Ein schräges Regal stand da gegenüber beim Bäcker mit 9 oder 12 quadratischen silbernen Boxen (mit Glasdeckel), in denen die Bahlsen-Schätze offen zu bestaunen und vor allem zu kaufen waren. Vor und nach der Nahrungsaufnahme gab es Ausflüge mit dem Rad zum Waldfriedhof oder mit der Trambahn in die Stadt ins AKI-Kino im Hauptbahnhof, in dem rund um die Uhr Dick & Doof- und Pat & Patachon-Filme liefen. Zu Hause wurde auch Karten gespielt wie Watten oder 66, aber bei schönem Wetter fuhren wir stets in den Garten.

Der Schrebergarten war meines Großvaters größte Freude (nach seinen Enkeln, hoffe ich). Er lag in einer Anlage südwestlich der Nördlingerstraße und nordwestlich der Westendstraße. Er besaß ihn schon über Jahrzehnte, war praktisch täglich dort und brachte viele Kräuter, Obst und Gemüse daraus mit nach Hause. Es stand dort auch ein kleines Häuschen, aber richtig gemütlich war es nur im Freien bei schönem Wetter. Für mich gab es dort eine Kinderschubkarre und überhaupt immer etwas zu tun und zu helfen dort. Wenn es mir dann doch zu langweilig wurde, gingen wir auf den Weg vor dem Garten und es wurde „geplattelt", d.h. man warf flache runde oder eckige Eisenplättchen auf eine „Daube", um dieser wie beim Eisstockschießen möglichst nahezukommen.

In den siebziger Jahren verkaufte die Bahn den Grund, auf dem die Schrebergärten lagen, damit dort viele neue Wohnungen entstehen konnten. Heute ist dort nichts mehr von den Gärten zu sehen. Mein Großvater war in dieser Zeit in Rosenheim und hat so die Zerstörung seines Gartens nicht hautnah miterlebt.

Am 7. Juli 1971 wurde mein Großvater 80 Jahre alt. Im Rahmen dessen fuhren er und meine Großmutter ein paar Tage später zum Feiern mit Eisenbahnerkollegen ins Auerbräu in die Arnulfstraße. Dies war beileibe nicht das erste Mal und wie immer bei solchen Fahrten hatten meine Eltern meine Großeltern bekniet, doch mit dem Taxi zu fahren oder, wenn es denn unbedingt sein muss, beim Trambahnfahrer ganz vorne einzusteigen. Meine Großmutter war damals aufgrund ihres Körpergewichts, mangelnder

Bewegung und fortschreitender Arthritis sehr schlecht zu Fuß und mein Großvater musste beim Einsteigen in die Trambahn von hinten nachschieben, um den doch beachtlichen Höhenunterschied zu bewältigen. Keiner der Ratschläge ist je auf fruchtbaren Boden gefallen und so fuhren sie auch am besagten Tag mit der Trambahn nach Hause. Am Holzkirchner Bahnhof beim Umstieg in die Linie 9 ist es dann passiert: Sie stiegen natürlich ganz hinten ein (weil die Tür dort breiter war), meine Großmutter stand noch auf der Straße und hielt sich gerade am Innengriff fest, als die Fahrerin die Tür schloss und losfuhr. Wie es genau passieren konnte, dass die Tram trotz Sicherheitsvorrichtung losfahren konnte, ist nie ganz geklärt worden. Meine Großmutter wurde jedenfalls einige Meter mitgeschleift, bevor der Unfall bemerkt wurde. Sie brach sich den Schenkelhals, den Arm, mehrere Rippen und lag einige Wochen in der Klinik. Entgegen den Befürchtungen der Familie erholte sie sich zwar körperlich wieder einigermaßen, wollte aber partout nicht mehr die Strapazen des Stehens und Gehens erdulden. Nach einigen diesbezüglichen Versuchen wurde sie von einem Tag auf den anderen aus der Klinik an der Nussbaumstraße ins Pflegeheim St. Martin am Ostfriedhof verlegt.

Dort herrschten damals noch trotz aufkommender moderner Zeiten wenig erfreuliche Zustände: In einem Raum lagen sechs oder acht Frauen, eine Privatsphäre gab es nicht und der Lärmpegel war enorm. Wenn nicht Besuch oder das oft keifende Wehklagen einer Insassin den anderen in den Ohren lag, dann konnte man ein ewig dahindudelndes Schnulzengejodel aus schlechten kleinen Lautsprechern hören. Diese Missstände führten auch bei meiner Großmutter, die sonst geistig komplett fit war, zu regelmäßigen Klagen, die wiederum fast ausschließlich der täglich anwesende Josef zu hören bekam. Er war ja immer schon eine Seele von Mensch gewesen und hatte seiner Mari jeden Wunsch zu erfüllen versucht. Jetzt fuhr er täglich (wenn erforderlich, mehrmals) vom Westend nach Giesing, um die nie endenden Bitten und Forderungen seiner Gattin zu erfüllen und ansonsten den Großteil des Tages an ihrem Bett zu verbringen. Von Haus aus ein ruhiges und ausgeglichenes Geschöpf, hat ihn das hartnäckige Jammern seiner Gattin doch mit der Zeit so sehr angegriffen, dass er schließlich – trotz heftiger Warnungen meiner Eltern – beschloss, seine Mari wieder nach Haus zu holen.

Ein Pflegebett wurde angeschafft, eine Pflegekraft organisiert und meine Großmutter wurde zu ihrer großen Freude wieder in die Heimeranstraße gebracht. Leider dauerte diese Freude nicht sehr lange an. Die Pflegekraft kam morgens und abends zum Waschen und ähnlichen Verrichtungen, aber damit war es eben nicht getan. Meine Großmutter war eher ein wehleidiger Typ und mein Großvater musste immer wieder selbst Hand anlegen, um ihre Wünsche zu erfüllen. So kam es in kurzer Zeit dazu, dass mein Großvater schwere Rückenprobleme bekam und die Situation von Tag zu Tag aussichtsloser wurde. Mein Vater begann nun, mit Nachdruck einen Heimplatz für seine Eltern in München zu suchen. Das wiederum gestaltete sich schwierig bis hoffnungslos, da eine getrennte Unterbringung (Wohn- und Pflegebereich) von meinen Großeltern strikt abgelehnt wurde und gemeinsame Unterbringung in einem Zimmer damals nur in Heimen der Caritas möglich war. Diese aber wiederum besaß in München nur das „Biederstein" und da war einfach kein Platz zu bekommen.

Letztendlich gelang es meinem Vater, über Beziehungen

ein schönes Zimmer im Heim St. Martin in Rosenheim zu bekommen. Meiner Großmutter war es recht, aber für meinen Großvater war es ein hartes Los. Nahezu zeitlebens in München gewesen, musste er nicht nur auf seinen geliebten Garten verzichten, sondern auch in eine unbekannte Stadt umziehen, wobei er selbst geistig und körperlich noch ziemlich fit war.

Fünf Jahre waren die Großeltern in Rosenheim, fünf Jahre bin ich alle drei Wochen mit dem Zug am Sonntagvormittag nach Rosenheim gefahren, vom Bahnhof durch die Stadt gelaufen, 1,5 Stunden bei meinen Großeltern gesessen und war zum Mittagessen wieder zu Hause. Fünf Jahre mussten wir uns bei jedem Besuch anhören, wie scheußlich es in Rosenheim ist und wie sehr mein Großvater doch sein München vermisst. Dass während dieser Zeit nicht nur die langjährige Wohnung, sondern auch sein geliebter Garten aufgelöst werden musste, hat ihm natürlich zusätzlich zu schaffen gemacht. Immer wieder hat er meinen Vater hartnäckig nach Dingen aus der Heimeranstraße gefragt, die wir (mein Vater und ich) allerdings bald nach dem Umzug nach Rosenheim in einer konzertierten Aktion zum größten Teil entsorgt hatten. Im Zusammenhang mit dieser Entrümpelung erinnere mich dabei vor allem an eine mit unzähligen kleinen Fläschchen übervolle Speisekammer, Berge von Seifenresten (für den erneuten Kriegsfall gehortet) sowie an ein Regal mit fürchterlich stinkenden Schuhen, die abgetragen, aber nie entsorgt worden waren.

Nach fünf Jahren ist meine Großmutter gestorben und mein Vater ist ein zweites Mal aktiv geworden. Irgendwie hat er es fertiggebracht, in München-Laim im Alfons-Hoffmann-Heim ein Doppelzimmer für meinen Großvater zur Alleinnutzung zu bekommen. Der war mit seinen rüstigen

85 dort der Hahn im Korb, wurde bald zum Altenbeirats-
vorsitzenden gewählt und ist insgesamt noch einmal ein
bisschen aufgeblüht. Ich habe ihn oft besucht, wir haben
mit meinem neuen Auto den ein oder anderen Verwandten-
besuch gemacht und ich glaube, er hat noch ein paar wirklich schöne Jahre dort gehabt. Im Mai 1985 ist er dort kurz
vor seinem 94. Geburtstag gestorben.

Großeltern Trautner

Mein Großvater mütterlicherseits, August Trautner, ist im
Jahr 1876 in Haag(Obb.) geboren. Nach der Schule absolvierte er das Lehrerseminar in Freising und bekam dann als
Hilfslehrer seine erste Stelle in Neukirchen, einem kleinen
Dorf zwischen Traunstein und Teisendorf. Bereits ein Jahr
später wurde er nach Rieden am Inn (Nähe Soyen) versetzt,
wieder ein Jahr später nach München, wo er sein restliches
Arbeitsleben blieb. Über seine Kindheit und seine beiden
Jahre als Junglehrer inklusive seiner ersten Liebe hat er
umfangreiche Erinnerungen in unzählige blaue Schulhefte
geschrieben, die ich vor einigen Jahren in die heute übliche
Schrift (Original: Sütterlin) übertragen und zu einem Ge-
samtdokument verarbeitet habe. Die Aufzeichnungen meines Großvaters geben nach wie vor nicht nur einen Einblick
in sein Seelenleben, sondern auch in die Höhen und Tiefen
des Lehrerberufs und des allgemeinen Lebens am Ende des
19. Jahrhunderts.

In München unterrichtete er erst an der Luisenschule und
dann von 1897 bis 1899 an der Schwindschule als Hilfslehrer. Zum Schuljahr 1899/90 kam er an die praktisch auf der
grünen Wiese neu erbauten Dom-Pedro-Schule, zuerst als

sog. Verweser (Verwalter einer vakanten Stelle), dann ab 1901 als Lehrer, wo er auch die letzten Jahre bis zu seiner Pensionierung im Jahre 1939 verbrachte. Dazwischen, nach einer ca. dreijährigen Dienstzeit „im Heere" war er von 1918 bis 1926 in der Schule an der Implerstraße tätig. Ab Herbst 1926 war wieder die Dom-Pedro-Schule sein tägliches Ziel.

Während seiner Münchner Zeit vor dem ersten Weltkrieg lernte er die junge Lehrerin Anna Roth kennen. Da er sich zu dieser Zeit noch um seine Eltern kümmern musste, konnte die Hochzeit erst 1914 stattfinden. Seine Eltern waren (wahrscheinlich um 1905) zu ihm nach München gezogen. Sie hatten zuvor das Elternhaus in Haag verkauft, vermutlich um weiteren Kindern, die in Traunstein finanzielle Probleme hatten, unter die Arme zu greifen. Dies scheint jedoch, zumindest langfristig, nicht erfolgreich gewesen zu sein. Warum sie dann nach München zu meinem Großvater gezogen sind, weiß ich nicht, aber es ist zu befürchten, dass es sich dabei um die finanzielle Unterstützung der inzwischen mittellos gewordenen Eltern gehandelt hat. Mein Großvater hat jedenfalls einige Jahre mit seinen Eltern und seinem Bruder Rudolf in der Ysenburgstraße 13 gewohnt, von wo aus seine Schule fußläufig zu erreichen war.

Mein Urgroßvater ist schon bald darauf (1906) gestorben und wenn man den Zeilen des damaligen Münchner Adressbuches glauben darf, war es erst 1914 möglich, für meine Urgroßmutter eine eigene kleine Wohnung in der Frundsbergstraße zu mieten. Erst dann - auch Bruder Rudolf ist zu dieser Zeit (an den Josefsplatz) umgezogen - konnte Hochzeit gehalten werden.

Meine Großmutter, Anna Roth, ist im Jahr 1888 in Lenggries geboren und in Berchtesgaden aufgewachsen. Lehrerin war sicher nicht ihr Traumberuf, da sie von Haus aus schüchtern und ruhig war, aber ihr Vater hat das – laut ihrer eigenen Aussage – ziemlich willkürlich entschieden. Ihre erste Stelle war im schwäbischen Gunzenhausen, wovon sie mir immer wieder erzählt hat (allerdings weniger von ihren Unterrichtsstunden als vielmehr von ihren netten Kolleginnen). Weiter scheint ihre Lehrerkarriere aber nicht gediehen zu sein, in dieser Zeit hat sie wohl auch meinen Großvater kennengelernt und daraufhin dem Lehrerberuf ziemlich bald den Laufpass gegeben.

Nach der Hochzeit zog man zuerst in die Kratzerstraße nach Gern, nach dem Krieg nach Ludwigshöhe (südlich von Thalkirchen) und 1931 wieder zurück nach Neuhausen. Zwei Jahre war die Frundsbergstraße 31 der Wohnsitz der jungen Familie, dann wurde nochmals umgezogen in die Volkartstraße 28 in den 3. Stock, eine Wohnung, die – mit allen Wirren des 2. Weltkrieges, Zerstörung und Einquartierungen – meine Mutter erst 1998 verließ, um ins Altersheim zu ziehen.

Meine Großeltern zogen 1939 nach Haag, zurück zu den Wurzeln meines Großvaters, wo sie im sogenannten „Hörmannhaus", einem auch heute noch imponierenden, aber leider mehr und mehr verfallenden Gebäude, eine schöne Wohnung mit Blick auf die Berge mieteten. Mein Großvater war noch rüstig und vor allem geistig sehr rege. Er schrieb seine (o.g.) Kindheits- und Jugenderinnerungen und erforschte die Geschichte seines Geburtsortes, was in dem unterhaltsam geschriebenen Büchlein „1000 Jahre Haager Geschichte" seinen verdienten Höhepunkt fand. „Verdient" allerdings nur im Sinne von ein klein wenig Ruhm und Ehre, finanziell scheint es – wenn man den Aussagen meiner Mutter glauben darf – eher ein Misserfolg gewesen zu sein.

Jedenfalls verlebten meine Großeltern einigermaßen rüstig ihren Lebensabend in Haag und da meine beiden Onkel im Krieg geblieben waren und meine Tante in den USA ihre neue Heimat gefunden hatte, oblag es meiner Mutter, sich um die Eltern zu kümmern. Das führte dazu, dass ein Großteil unserer Urlaube und Ferien in Haag verbracht wurde. Solange meine Großeltern im Hörmannhaus wohnten, war auch für uns immer ein Plätzchen dort, als diese aber 1961 ins neu errichtete Bürgerheim St. Kunigund umzogen, mussten auch wir uns eine neue Bleibe suchen. Zuerst war da ein Zimmer im gegenüberliegenden „Schätz"-Haus, später eine kleine Wohnung im „Wünsch"-Haus an der Hauptstraße. Erst kurz vor dem Tod meiner Großmutter lösten wir diese auf und beschränkten unsere Anwesenheit in Haag auf Tagesbesuche.

Das hing natürlich auch mit meinem Bruder und mir zusammen. Für uns Kinder war Haag immer ein schönes Ziel. Bäckereien und Metzgereien boten immer schmackhafte Besonderheiten, Baden im Soyer See und Schwammerlsuchen in den unzähligen umliegenden Wäldern waren beliebte Beschäftigungen und die Erzählungen meiner Großmutter habe ich noch heute in guter Erinnerung. Mit zunehmendem Alter aber hat mein Interesse an Haag-Ausflügen doch spürbar abgenommen. Für meine Mutter wiederum war es von Anfang an keine besondere Erholung, die enge und extrem unkomfortable Wohnung als Feriendomizil zu haben. Kein Bad, kaltes Wasser aus einem Vorkriegswaschbecken in der Küchenecke, zwei magere Kochplatten statt eines Herdes und die Toilette im Zwischenstock außerhalb der Wohnung, das waren doch Umstände, die uns Kinder wenig störten, bei meiner Mutter jedoch alles andere als Urlaubsstimmung aufkommen ließen.

An den Tod meines Großvaters kann ich mich nur – wie überhaupt an meinen Großvater – sehr undeutlich erinnern. Was ich vor allem weiß, ist, dass ich am Tag des Begräbnisses mit Masern im Haager Bett lag. Ich war damals sieben Jahre alt und die letzten drei Jahre war mein Großvater doch recht verwirrt (verkalkt sagte man damals) gewesen. Er hatte schon den Umzug ins Heim nicht mehr richtig realisiert und im Taxi immer lauthals darum gebeten, nicht nach Gabersee (Nervenklinik bei Wasserburg) gebracht zu werden.

Die Erinnerungen an meine Großmutter sind dafür umso intensiver. Sie war eine ruhige, immer lächelnde Frau und wurde in ganz Haag nur Frau Oberlehrer genannt. Sie konnte wunderbar erzählen, entweder Märchen oder Geschichten aus ihrem Leben und sie machte immer den Eindruck, trotz ihrer vielen Schicksalsschläge, mit ihrem Leben und allem, was so passiert, zufrieden zu sein. Sie war sehr gläubig und Bibelsprüche aller Art haben sie immer durch die Engstellen ihres Lebens geleitet.

Mit meinem Großvater zusammen bezog sie am Anfang ein etwas größeres Doppelzimmer im zweiten Stock des Altenheimes. Nach dem Tod ihres geliebten Gustls zog sie in ein kleineres Einzelzimmer im ersten Stock. Als dann Anfang der siebziger Jahre im Norden der erste Anbau gemacht wurde, gab es endlich Zimmer mit eigener Nasszelle und meine Großmutter wechselte ins neue Gebäude. Sie hat sich dabei, anspruchslos wie sie war, immer den neuen Gegebenheiten angepasst und hat dies augenfällig unter Beweis gestellt, als sie in ihren letzten Jahren regelmäßig zu einer Nachbarin zum „Farbfernsehen" ging.

Der Tagesablauf im Heim war fest vorgegeben und wir

als regelmäßige Besucher waren voll integriert. Als aufgewecktes Kerlchen war ich anscheinend der Liebling der Klosterschwestern und des ausnahmslos weiblichen Pflegepersonals, denn ich habe Erinnerungen an viele Küchenbesuche, die immer mit Mitnahme von irgendwelchen Leckereien verbunden waren. Meine absolute Lieblingsbeschäftigung allerdings war die Mitarbeit bei der Essensverteilung. Das Essen kam auf kleinen Wägen per Aufzug in die Stockwerke und wurde dort von dem jeweiligen Mädchen (Rosi oder Zilli) und mir auf die einzelnen Zimmer verteilt. Böse Zungen könnten jetzt behaupten, ich wäre immer schon ein Gschaftlhuber gewesen und sie hätten auch recht damit, aber mir hat es immer den größten Spaß gemacht.

Meine Großmutter ist an Ostern 1977 mit 89 Jahren gestorben. Leider war ich zu dieser Zeit mit einem Freund in Sizilien. Da es damals noch kein Handy gab und ein Anruf zuhause aufwändig war und nur im Notfall getätigt wurde, habe ich erst nach meiner Rückkunft erfahren, dass sie bereits beerdigt worden war. Ich hatte eine sehr enge Beziehung zu ihr und es hat mir wirklich leidgetan, dass ich mich weder verabschieden noch bei ihrer Beerdigung dabei sein konnte.

Bruder Rudi

Zu meinem Bruder konnte ich erst im vorgerückten Alter eine gute Beziehung aufbauen. Der Altersunterschied zwischen uns war einfach zu groß. Als ich auf die Welt kam, war es mit seiner Alleinherrschaft bei Eltern, Großeltern, Onkel und Tanten vorbei und das habe ich auch zu spüren bekommen. Vielleicht lag es aber auch an meiner anscheinend doch recht jähzornigen (vulgo: giftigen) Art, dass es zu keiner innigen Beziehung zwischen uns in Kindheit und Jugend gekommen ist. Genaue Erinnerungen daran habe ich nicht, aber die Blitzlichter sind meist eher unangenehm. Entweder ich habe ihn gepiesackt und dafür die entsprechenden Repressalien erhalten oder er hat mich übers Ohr gehauen und mir Sachen abgeschwatzt, die ich später bereut habe.

Die ersten Jahre schliefen wir beide im mittleren Zimmer, da im hinteren Zimmer noch Irene E. wohnte. Irene war quasi die letzte der Nachkriegseinquartierungen und war auch meine Taufpatin. Da sie evangelisch war und damals offiziell nur katholische Paten möglich waren, stand meine Großmutter aus Haag stellvertretend im Taufschein. Irene hat ca. 1960 den Malermeister Ernst H. geheiratet und mit den beiden verband meine Eltern über lange Zeit ein sehr freundschaftliches Verhältnis. Von der Patenschaft habe ich persönlich allerdings herzlich wenig mitbekommen. Die H.s haben nach ihrer Hochzeit die Wohnung im ersten Stock unseres Hauses bezogen, worauf mein Bruder das hintere Zimmer bekam und ich das mittlere.

Für die Heizung gab es damals in unserer Wohnung zwei Dauerbrenner(=Anthrazit)-Kachelöfen, die jeweils zwei Zimmer bedienten. Der eine stand zwischen Wohn- und Schlafzimmer, der andere zwischen dem mittleren und dem hinteren Zimmer. Diese beiden Öfen haben vor allem im Leben meines Bruders eine wichtige Rolle gespielt, da jeder der beiden Öfen jeden Tag eine Schütte voll Kohlen geschluckt hat. Diese mussten aus dem Keller geholt werden, was lange Zeit Rudis Job war. Soweit ich mich erinnern kann, waren sieben Schütten das Maximum, was er auf einem Weg vom Keller in den dritten Stock schleppen konnte. Zusätzlich musste man dann noch eine Atemwegsreinigung durchführen, da im Keller beim Füllen der Schütten jede Menge Kohlenstaub eingeatmet wurde. Es dürfte kaum dazu beigetragen haben, meine Beziehung zu meinem Bruder zu verbessern, dass der Beginn meiner Zuständigkeit für das Kohlenschleppen ziemlich genau in die Zeit fiel, als alle Öfen durch Gasöfen ersetzt wurden.

Darüber hinaus hat jeder der beiden Kachelöfen in meinen Erinnerungen einen besonderen Platz. Am ersteren habe ich mir mit ca. vier Jahren ein kleines Loch im Kopf geholt, als ich samt unserem schönen Hocker aufgrund hartnäckigen Schaukelns nach hinten umgefallen bin, der zweite war so zwischen die beiden Zimmer gebaut, dass man durch Öffnen eines kleinen Türchens jederzeit hören konnte, was im anderen Zimmer gesprochen wurde. Das führte dazu, dass der neugierige Herbert der Versuchung nicht widerstehen konnte, das eine oder andere Rendezvous seines Bruders zumindest auf der Tonspur mitzuerleben. Natürlich wurde ich durch unvorsichtiges Hantieren mit erwähnter Klappe erwischt und bekam den Zorn meines Bruders nicht ganz zu Unrecht in voller Stärke zu spüren.

Als mein Bruder geheiratet hatte, zog ich voller Freude ins hintere Zimmer, das ich bis zu meinem Auszug etwa 10 Jahre bewohnen durfte. Irgendwann wurden die Kachelöfen, die trotz davorstehenden Gasöfen noch einige Zeit funktionslos auf ihrem Platz ausgeharrt hatten, abgebaut und meinen ungestörten Rendezvous stand dann Gott sei Dank nichts mehr im Wege.

Onkel und Tanten

Meine Mutter hatte zwei ältere Brüder, die leider nicht aus dem Krieg zurückgekommen sind. Der jüngere Bruder Ernst war Berufssoldat und kam schon in den Anfängen in Norwegen beim Kampf um Narvik ums Leben, der ältere Bruder Rudolf war Lehrer und starb in der Schlussphase des Krieges in der heutigen Ukraine. Sie waren beide unverheiratet und so ist außer ein paar Bildern und einigen wenigen Erzählungen meiner Mutter nichts von Ihnen in Erinnerung geblieben. Eine richtige Tante aber habe ich kennengelernt: Die Schwester meiner Mutter, Liesl, Jahrgang 1926, also 6 Jahre jünger als meine Mutter, hat nach dem Krieg einen amerikanischen Soldaten geheiratet und ist mit ihm 1954 in die USA zurückgegangen. Wayne war bei der Air Force beschäftigt und ist in der Folgezeit unzählige Male versetzt worden.

Die Familie war jeweils einige Jahre in Frankreich, in der Türkei, an verschiedenen Orten der USA und auch zweimal in Deutschland. In einer dieser Phasen ist 1969 der älteste Sohn Bruce in Kaiserslautern an Leukämie gestorben. Er war damals 15 Jahre alt, seine Schwester Bernie 14 und Roger, der jüngste 11. Nach diesem traurigen Ereignis haben sie noch einmal nachgelegt und bereits 1970 kam Eric zur Welt. Es gab also hin und wieder Familientreffen, aber eine richtige Beziehung konnte ich nicht zu den „Amerikanern" aufbauen und als Onkel und Tante habe ich die beiden eigentlich nie so richtig empfunden.

Als ihre Kinder aus dem Haus waren, haben Liesl und Wayne nahezu jedes Jahr einen Urlaub in Bayern verbracht, die Heimat und das gute Essen haben sie immer wieder nach München und Umgebung gelockt. Zusammen mit meiner Familie konnten wir so noch einige schöne gemeinsame Stunden – z.B. beim Krocketspiel in unserem Garten – erleben. Im Alter von 82 ist meine Tante 2009 in Akron/Ohio gestorben.

Die eigentlichen Tanten und der Onkel meiner Kindheit waren eindeutig in der Fröschl'schen Familie ansässig. Meine Großmutter Fröschl hatte zwei Schwestern, die aufgrund ihrer Kinderlosigkeit ihre ganze familiäre Aufmerksamkeit der kleinen Familie meiner Großeltern und damit uns widmen konnten.

Die ältere Schwester hieß Nandi (Ferdinanda) und lebte mit ihrem Ehemann Balde (Balthasar) nahezu zeitlebens in Schweitenkirchen in der Holledau. Erst nach dem Tod ihres Mannes ist sie nach München zu ihrer Schwester Melli (Amalie) gezogen, wo sie 1964 mit 76 Jahren gestorben ist. Meine Erinnerungen an sie sind eher schwach, vielleicht wegen ihres frühen Todes, vielleicht aber auch deswegen, weil sie bei weitem nicht die aktive Fürsorge für mich an den Tag legte wie ihre beiden Schwestern. Die ältere der beiden war meine „Tante Debus". Amalie Debus war eine kleine zarte Frau, die vor meiner Geburt den Beruf einer Näherin ausgeübt hatte. Während meine Großmutter sich als Lebenspartner den bescheidenen und chronisch gutmütigen Josef ausgesucht hatte, verliebte sich Amalie in den schneidigen, aber doch sehr launischen und auffallend arroganten Heinz, was sie später sicher einige Male bereut hat. Wenn ich den Erzählungen meiner Eltern und Großeltern Glauben schenken darf, war das Arbeiten seine Sache nicht, dafür aber umso mehr das Umgarnen aller jungen und attraktiven Frauen in seinem Umfeld und seiner Familie. Sowohl meine Mutter als auch meine Tante Liesl haben glaubwürdig versichert, dass sie sich mehrmals seinen durchaus handfesten Annäherungsversuchen erwehren mussten.

Das junge Ehepaar Debus hat es anscheinend unter anderem mit einem Gemüseladen in der Ohlmüllerstraße versucht, was den Aussagen meines Großvaters nach aber wenig erfolgreich verlaufen ist. Später hatte Onkel Heinz, wie er in der Familie hieß, einen Job bei BMW, den er aber nach dem Krieg nicht mehr antrat, weil da zuerst Aufräumen auf der Tagesordnung gestanden hätte. Ich selbst habe ihn noch kurzzeitig als Museumswärter im Deutschen Museum erlebt, was mir zumindest den einen oder anderen Museumsbesuch gebracht hat. Auf alle Fälle war er ein Technikfan, hat das erste Radio in die Familie gebracht und meinen Vater auf seinem Motorrad mit zum Großglockner und zu Veranstaltungen wie der Landung des Wasserflugzeugs DO-X auf dem Starnberger See genommen. Voller Stolz hat er mir jedes Mal bei sich sein Radio mit eingebautem Single-Plattenspieler präsentiert, wobei er in der Regel das Lied „Ein Wagen von der Linie 8" vom Weiß Ferdl auflegte, das vielleicht auch deshalb ein Lieblingslied meiner Kindheit geworden ist.

Onkel Heinz und Tante Debus wohnten in der Nähe des Nockherberges in der Taubenstraße 1, oberstes Stockwerk. Als Kind hat mich meine Tante oftmals zu Hause abgeholt und wir sind mit der Trambahn in die Au zu ihr gefahren. Dabei mussten wir im Tal umsteigen, da die Linie 5 vom Viktualienmarkt über den Gärtnerplatz und Mariahilfplatz an ihrem Haus vorbei zum Candidplatz fuhr. Wir mussten also vom Tal her auf der kleinen Heiliggeiststraße die gleichnamige Kirche umrunden, da die 5 parallel zum Tal auf der anderen Seite dieses Gebäudes losfuhr. Auf der Rückfahrt standen wir dann gefühlt eine halbe Stunde an der Haltestelle im Tal und warteten mehrere Wägen der Linien 1 (Moosach), 3 (Romanplatz) und wahrscheinlich noch anderer Linien ab, bis endlich die langersehnte „21" nach Neuhausen kam. Einmal wurden wir im Gedränge getrennt und meine Tante blieb draußen, während ich alleine zum Marienplatz weiterfahren musste. Wie das ausgegangen ist, weiß ich nicht mehr, aber eine Aversion gegen die öffentlichen Verkehrsmittel habe ich anscheinend nicht bekommen.

Ansonsten kann ich mich sehr gut an die Wohnung in der Taubenstraße, weniger jedoch an den Ablauf erinnern, wie er bei meinen regelmäßigen Besuchen sicher stattgefunden hat. Manchmal durfte ich auch dort übernachten, doch da gab es einen kleinen Makel: In dem für mich vorgesehenen Zimmer hing an der Wand ein Gemälde, das mir über Jahre hinweg Angst einflößte: „Der kranke Dackel" von Franz v. Defregger zeigt ein paar Kinder, die in einem Leiterwagen einen kranken Hund anscheinend zum Tierarzt fahren. Das furchterregende dabei war ein Mann, der das Ganze durch ein Türfenster beobachtet. Dieses Bild hat mich bis in meine Träume verfolgt und erst im Erwachsenenalter habe ich das Bild identifizieren und ihm dadurch den Schrecken nehmen können.

Trotz aller Vorbehalte und aller Antipathie haben sich mein Vater und auch (in Maßen) meine Mutter um Onkel Heinz gekümmert, als seine Melli 1971 gestorben war und er zunehmend mit dem Leben alleine in der Taubenstraße nicht mehr zurechtkam. Die letzten Jahre war er mehr und mehr verkalkt, aber doch noch so fit, dass er bis kurz vor seinem Tod 1975 zu Hause wohnen konnte. Die Betreuungsbereitschaft meiner Mutter beschränkte sich allerdings darauf, dass Onkel Heinz im 2- oder 3-Wochen-Rhythmus am Sonntag zum Essen eingeladen wurde. Dabei erschien er die letzten beiden Jahre regelmäßig mit erwartungsfrohem Blick und dem Hinweis „Heut hab ich Euch etwas Besonderes mitgebracht!". Nach dem Mittagessen war es dann so weit: Onkel Heinz zog aus seiner Tasche immer dieselbe verblichene Landkarte einer französischen Gegend aus dem 1. Weltkrieg und erklärte uns detailliert, wo er sich damals jeweils aufgehalten hatte. Dabei ging es weniger um Frontabschnitte, sondern um Gebäude wie ein Bahnwärterhäuschen, dessen wahre Bedeutung wir nicht immer verstanden haben. Wenn ich „wir" sage, meine ich damit das jeweils ausgewählte Familienmitglied, das an der Reihe war, die hinlänglich bekannte Geschichte mit gespielter Aufmerksamkeit zu verfolgen, während der glücklichere Rest der Familie frei hatte.

Was die auffallend intensive Beschäftigung unseres Onkels mit dem Thema 1. Weltkrieg anbelangte, hat mein Vater stets die Meinung vertreten, dass Onkel Heinz es immer verstanden habe, das harte Soldatenleben zu meiden und stattdessen die völkerverbindende Kommunikation mit den jungen Franzosen weiblichen Geschlechts ausgiebig zu pflegen.

Kinderkrankheiten

An meine „echten" Kinderkrankheiten habe ich wenig Erinnerungen. Ich kann mich dunkel erinnern, Mumps und Masern gehabt zu haben, Letztere waren glaube ich auch der Anlass, dass ich an der Beerdigung meines Großvaters in Haag nicht teilnehmen konnte. Dem Keuchhusten bin ich ausgekommen, gegen Diphtherie wurde ich wie auch gegen Pocken und Kinderlähmung geimpft.

Dafür gab es diverse „Geburtsfehler", die behoben werden mussten, zumindest was die Meinung der Ärzte und
wahrscheinlich auch meiner Eltern betraf. Als Kleinkind
war ich anscheinend mit einem Senk- oder Spreizfuß ausgestattet, jedenfalls hatten meine Mutter und ich mindestens einmal pro Woche eine Sitzung bei Frl. J. in der Both-
merstraße. Sie war eine freundliche ältere Dame, die an
meinen kleinen Füßchen herummassierte und –knetete und
sich sicher nebenbei gut mit meiner Mutter unterhielt. Ob
aus Hoffnungslosigkeit oder wegen Zielerreichung, eines
Tages war diese Phase vorbei und das Fußballspielen
konnte beginnen.

Eine wesentlich größere Einschränkung meiner kindlichen Unbeschwertheit war meine Zahnspange. Unser
Zahnarzt, Dr. K., hatte meiner Mutter bei einem meiner
zahlreichen Besuche (meine Mutter hat mir damals ein Ge-
biss bereits mit 30 Jahren prognostiziert) geraten, die Fehl-
stellung in meinem Unterkiefer durch einen Kieferorthopä-
den beheben zu lassen, und so marschierten wir eines schönen Tages in die Romanstraße zur Praxis von Dr. Eberhardt
von G. Er verordnete mir eine Spange, die ich so oft als
möglich tragen sollte und einen wöchentlichen Regelter-
min zum Nachstellen. Letzterer war wahrscheinlich über-
trieben, da ich die Spange trotz gegenteiliger Aufforderung
nur nachts trug, ansonsten lag sie fein säuberlich in einem
Wasserglas auf meinem Nachttischchen. Ein bisschen er-
mahnt, sie öfters zu tragen, hat mich „EvG" jedes Mal,
wenn ich zu ihm kam, aber auch nicht so ganz streng,
schließlich habe ich ja auch dafür gesorgt, dass der Fluss
des Geldstroms auf sein Konto nicht abgerissen ist. Irgendwann war dann trotzdem die Erfolgsasymptote nahezu

waagrecht und die Therapie wurde für beendet erklärt. Ein kleiner Engstand im Unterkiefer ist geblieben und wird von jedem behandelnden Zahnarzt aufs Neue bestätigt, aber wer weiß schon, wie es heute ausschauen würde ohne die ungeliebte Zahnspange!

Und es gab natürlich kleine Unglücksfälle. So schaukelte ich (→Bruder Rudi) mit dem Hocker im Wohnzimmer derart intensiv, dass ich mit dem Hinterkopf an ein Eck des Kachelofens stieß und mir eine stark blutende Kopfwunde zuzog. Ich wurde sofort ins Rotkreuzkrankenhaus gebracht zum Nähen, ob langfristige Schäden geblieben sind, müssen andere beurteilen. Allerdings hat mein Vater in seiner zupackenden Art sofort eine kreisrunde Stelle um die Wunde rasiert, worüber sich der Arzt angeblich sehr gefreut hat. Diese Stelle ist bis heute sichtbar und die ansonsten gut wachsenden Kopfhaare haben zeitlebens darum einen Bogen gemacht.

Essen und Trinken

Man wird sich heute schwertun, es mir zu glauben, aber in meiner Kindheit war ich ein schlechter Esser. An meine Gefühle damals kann ich mich nicht erinnern, aber ich weiß, dass es für mich ein Problem war, wenn ich - etwa in einer Gruppe wie den Domsingknaben – auf Befehl essen musste. Auch das Angebot meines Großvaters, mir eine Bratwurst zu kaufen, hat bei mir selten wirkliche Freude ausgelöst. Spätestens mit ca. 12 Jahren, als ich zusammen mit meinem Schulkameraden Karlheinz regelmäßig sämtliche Leberkäs-Angebote auf unserem Schulweg ausprobiert habe, scheint das Problem aber auf alle Fälle erledigt gewesen zu sein.

Zu Hause wurde auf meine Ess-Probleme in Maßen Rücksicht genommen. Mein Vater war in dieser Hinsicht weniger kompromissbereit, aber meine Mutter hat doch immer darauf geschaut, dass ich bei bestimmten Gerichten eine Sonderanfertigung bekam. Bestimmte Gerichte, das waren vor allem die Leibspeisen meines Vaters, die ich fast ausnahmslos überhaupt nicht leiden konnte: Allen voran den samstags oft aufgetischten fetten Pichelsteiner Eintopf, außerdem Knöcherlsülze und das Gott sei Dank sehr seltene Hammelfleisch. Und natürlich Kässpatzn, die meine Eltern leidenschaftlich gern aßen. Ich konnte (und kann) dieses Fäden ziehende Nudelmonster nicht essen und bekam deshalb immer eine käsefreie Portion vorgesetzt. Ansonsten war das Essen zuhause vielseitig und gut und auch sicher nicht der Hauptgrund für meine Essschwäche. Der absolute Höhepunkt der Kulinarik in der Volkartstraße aber war das Geflügel. Ein paar Mal im Jahr gab es Geflügel mit Kartoffelknödel, vor allem an Weihnachten einen Truthahn. Der war traditionell riesengroß und jeder durfte so viel Fleisch essen wie er konnte.

„Zum Essen Gehen", also der Besuch eines Lokals, war bei uns sehr selten angesagt. Im Urlaub vielleicht, in Haag öfters, aber in München eigentlich nie. Die wunderbaren Gaststätten in unserer Nähe wie das Jagdschlössl am Rotkreuzplatz oder den Großwirt Ecke Winthir-/Volkartstraße habe ich erst im Erwachsenenalter kennengelernt.

Eine der wenigen Ausnahmen bildeten die regelmäßig stattfindenden Familienfeiern. Eine Variante davon war der Besuch des „Holzkirchners", einer bayrischen Gaststätte Ecke Nymphenburger-/Romanstraße, deren Namensnennung in mir auch heute noch den Duft nach Leberknödelsuppe erzeugt. Nach dem Gaststättenbesuch ging die Familie zum Kaffeetrinken in die Volkartstraße. Meine Mutter wird nicht die große Freundin dieser Termine gewesen sein, aber für mich als Kind war es schon immer ein frohes Ereignis. Wenn ich auch nicht der große Esser im Wirtshaus war, zwei Stück Kuchen und eine Partie Tarock mit meinem Großvater machten den Tag meistens zu einem sehr angenehmen Erlebnis.

Ein anderes kulinarisches Kapitel betrifft das Balkanrestaurant „Opatija" in der Brienner Straße. Die Anzahl ausländischer Lokale in München war damals – mit Ausnahme der steigenden Zahl von Pizzerien – sehr überschaubar und das Opatija verband einen leisen Hauch von Exotik mit der sehnsuchtsvollen Gewissheit erreichbarer Urlaubsziele. Und das betraf nicht nur das Essen. Das Thema Wein war ja in der Nachkriegszeit bei uns noch eher im „Entwicklungsstadium". In den Supermärkten war die 2-Liter-Flasche Mädchentraube durchaus nicht nur für die Käufer von den Isarbrücken Standardgetränk, die italienhungrigen Münchner liebten den perlenden Lambrusco und der Inbegriff eines guten Weines war der zuckersüße Morio-Muskat von Rhein und Mosel. Trockene Weine hatten eher einen schlechten Ruf und so war der vollmundige Plavac, den das Opatija zu bieten hatte, ein gewichtiger Grund, Leberknödelsuppe und Schweinsbraten in unregelmäßigen Abständen mit Cevapcici und Raznjici zu vertauschen.

Eine andere Variante des Familienessens fand in der Taubenstraße bei Familie Debus statt (→ Onkel und Tanten). Ich sehe heute noch meine Tante am Herd stehen und unzählige Schnitzel panieren. Zusammen mit der obligaten (gekauften ganzen) Prinzregententorte bildeten diese das kulinarische Rückgrat der diesbezüglichen Familientreffen, von denen mir darüber hinaus sehr wenig im Gedächtnis geblieben ist.

Das einzige Ziel eines wirklich regelmäßigen Lokalbesuches war der Biergarten. Wir hatten in unserer Wohnung in der Volkartstraße keinen Balkon (ein kleiner Küchenbalkon war im Krieg mit der Wand eingestürzt und nicht mehr aufgebaut worden) und der Bedarf nach Grün und frischer Luft war gerade im Sommer immer vorhanden. Deshalb kam es oft vor, dass meine Mutter die Abendbrotzeit zusammen mit einer karierten Tischdecke in einen großen Korb packte und wir so in den Biergarten marschierten. In der nahen Taxisstraße gab es einen solchen in einem kleinen Park, an den ein Schwimmbad angrenzte, das speziell für die vielen Invaliden des Weltkrieges geöffnet war. Scheu und Schamgefühl der Männer, die Arme oder Beine verloren hatten, hatten dafür gesorgt, dass für sie eine eigene Badeanstalt zur Verfügung stand und dass diese durch einen hohen Bretterzaun vor den Blicken von Neugierigen geschützt worden war. Das Bad nannte sich Kriegsbeschädigtenbad und der Park hieß somit ganz offiziell Kriegsbeschädigtenpark. Heute heißt er Taxisgarten und ist zu einem der bekanntesten Biergärten Münchens geworden. Damals waren dort nur in einem Viertel des heutigen Areals Tische und Stühle aufgestellt. Mein Vater bekam eine Mass oder eine Radler- bzw. Russenmass, ich eine Limo und auf der Tischdecke wurden die mitgebrachten Speisen ausgebreitet. Dass nebenbei für mich auch mal ein Eis rausssprang und dass im restlichen Areal auch ein kleiner Kinderspielplatz war, hat sicher für die ganze Familie zur Erholung beigetragen.

Beim Baden

Als Wasserratte würde ich mich definitiv nicht bezeichnen, aber natürlich hat das Baden in meiner Kindheit und Jugend immer eine Rolle gespielt. Da wir die Ferien größtenteils in →Haag verbracht haben, hatten die beiden Bademöglichkeiten dort, nämlich Freibad und Soyer See, schon einen großen Anteil an meiner Wasserkarriere. In München standen dafür ebenfalls zwei Optionen zur Verfügung: Die häufigste war die Fahrt mit der Bahn nach Bernried mit dem anschließenden Fußmarsch zum Neusee oder zum benachbarten Gallaweiher. Da meine Eltern alles andere als Sonnenanbeter waren, bevorzugten sie diese Moorweiher, die mit ihrem Schilf- und Gebüschgürtel wenig bis keine Liegeflächen, dafür umso mehr kleine versteckte Badeplätze aufweisen konnten. Unter Badeplatz muss man in diesem Zusammenhang eine Freifläche von ca. 4 Quadratmetern verstehen, von der aus man mit einem gewagten Schritt vom schlammigen oder steinigen Ufer ins Wasser steigen musste, um von dort im wahrsten Sinne des Wortes auf der Stelle mit schnellen Schwimmzügen in den See hinaus zu entfliehen. Sandige oder gar flache Einstiege gab es nicht. Meine Eltern liebten diese Kombination aus Bahnfahrt, Wanderung und Badeerfrischung, aber meine Begeisterung hielt sich doch sehr in Grenzen.

Schöner waren für mich die Fahrten zum Fasaneriesee. Dieser war einer der drei Baggerseen im Münchner Norden, genauer gesagt der mittlere, und aus irgendwelchen Gründen der einzige, den wir regelmäßig besucht haben. Er war mit dem Rad über die Waisenhausstraße und die Feldmochinger Straße relativ geradlinig zu erreichen und war zur damaligen Zeit noch wenig erschlossen. Speziell an der

Ostseite gab es keine flachen Wiesenhänge, sondern ein steiles Kiesufer mit einer wiesenähnlichen Landschaft dahinter. Darüber hinaus bot der Fasaneriesee im Winter oft eine wunderbare Eisfläche für ungetrübte Schlittschuhfreuden.

Mit Freunden bin ich auch später noch einige Male zum Fasaneriesee gefahren, aber der eigentliche Badetreffpunkt ist dann doch mehr und mehr das Dantebad geworden. Das Schwimmen selbst war sicher nicht so angenehm wie in einem der o.g. Seen, aber auf die sportliche Betätigung ist es in späteren Jahren immer weniger angekommen.

Mit Hallenbädern hatte ich immer meine Probleme. Vielleicht war der Auslöser unser gymnasialer Turnlehrer Herr M., der hartnäckig versucht hat, uns Fünftklässlern im Nordbad den Kopfsprung ins Becken beizubringen. Zumindest bei mir hatte er damit keinerlei Erfolg, aber ob es wirklich er war, der meine Aversion gegen Hallenbäder begründet hat, vermag ich nicht mehr zu sagen.

Der Käfig vor dem Fenster

Ein Brett, etwa 90 x 40 cm, 8 bis 10 Gitterstäbe und ein Abschlussgeländer, so sah mein kleiner Kinderbalkon in der Volkartstraße aus. Er war sozusagen als Minibalkon auf Fensterbretthöhe im mittleren Zimmer befestigt. Da der Grundriss unseres Hauses außerdem dem mittleren Zimmer einen erkerartigen Vorbau bescherte, war die beschriebene Plattform der optimale Aussichtspunkt auf die Volkartstraße in beide Richtungen. Mag auch das damalige Treiben in dieser Straße nicht vergleichbar zum heutigen gewesen sein, als Kind hat mich meine Mutter regelmäßig dort abgesetzt und mir scheint es gut gefallen zu haben. Auf dem Brett sitzend, mit den Händchen die Gitterstäbe umfassend, die Beinchen ins Leere baumelnd habe ich dort so manche Stunde verbracht und meine Mutter ungestört ihre Arbeit machen lassen.

Der Kindergarten

Die Anzahl der Kindergärten und die damit verbundenen Plätze waren in meiner Kindheit bei Weitem nicht so zahlreich wie heute. So war es verständlich, dass Frauen mit Beruf den Vorzug bei der Vergabe der Plätze bekamen. Diese Regel betraf auch meine Mutter als nicht berufstätige Frau und so gelang es ihr trotz eifriger Bemühungen nicht, ihre beiden Buben im nahen Kindergarten bei der Dom-Pedro-Schule unterzubringen, um so ein paar freie Stunden täglich zu erhalten. Dass ich darüber traurig war, glaube ich nicht, aber geschadet hätte mir ein solcher Aufenthalt unter Gleichaltrigen sicher nicht.

In der Grundschule

Meine Grundschulzeit absolvierte ich von 1962 bis 1966 in der Volksschule am Dom-Pedro-Platz. Schon mein Großvater war dort Lehrer gewesen, aber das war noch vor dem Krieg gewesen und lag lange zurück. Die Schule besaß damals – wie heute – zwei Eingänge, damals allerdings einen für die Buben und einen für die Mädchen. Natürlich waren auch die Klassen selbst nach Geschlecht getrennt und das vormittägliche Treffen am Pausenhof bildete definitiv die einzige Möglichkeit, überhaupt einen Blick auf die jugendliche Weiblichkeit zu werfen.

Die ersten beiden Jahre hatten wir Frau S., eine ältere gutmütige Dame, die gerne Bildchen und Fleißpunkte verteilte und ansonsten eher unspektakulär uns das erforderliche Grundwissen beibrachte.

Im dritten Jahr hatten wir Frau T., eine junge Lehrerin, die irgendwann durch eine etwas ältere Frau K. abgelöst wurde (wegen Krankheit oder Mutterschutz, das weiß ich nicht mehr). In diese Zeit fällt auch meine schlechteste Erinnerung, als eines Tages mein Banknachbar, ein „von S." mich derart hartnäckig piesackte, dass ich endlich die Geduld verlor und ihn aus der Bank schubste. Da er sich dabei in die Zunge biss und ziemlich blutete, wurde die Sache öffentlich und wie das Leben eben so spielt, bekam ich die Strafe in Form einer Ohrfeige und er ging straffrei aus. Das hat mich so erzürnt und beschäftigt, dass ich meine Mutter dazu brachte, anderntags mit mir zur Schule zu gehen, um die Sache mit der Lehrerin zu klären. Ich weiß nicht mehr, wie es ausgegangen ist, aber ich erinnere mich noch an einen Disput meiner Mutter mit Frau von S., die sehr von sich eingenommen war und immer wieder verlauten ließ, sie wäre ja Erzieherin und ihr Sohn würde so etwas nie tun.

Das vierte Jahr war mit Sicherheit das ereignisreichste. Das lag vor allem an unserem Lehrer. Herr S. war groß und drahtig, nicht mehr ganz jung, hatte eine große Hakennase und ein sehr überzeugtes Auftreten. Er machte mit uns mehrere Ausflüge zu Fuß durch München und verkaufte uns leidenschaftlich Briefmarken, was sicher in einigen von uns (auch in mir) eine gewisse Briefmarkensammelwut entfachte. Bei den Ausflügen brachte er oft nicht nur uns

Schüler, sondern vor allem die begleitenden Mütter durch sein schnelles und zielstrebiges Voranschreiten gehörig ins Schwitzen.

Eine Diskussion über meine weitere Schulkarriere gab es im Hause Fröschl nicht, zumindest nicht mit mir. Mein Vater ging einfach davon aus, dass seine beiden Söhne Gymnasium und Studium absolvieren würden. Durch die Vorarbeit meines Bruders war auch das Gymnasium im Prinzip ausgewählt. Ich machte also im Frühsommer 1966 eine Aufnahmeprüfung im Wittelsbacher Gymnasium, soweit ich mich erinnern kann, in den Fächern Deutsch, Mathematik und Religion(!), Letztere bei einem sehr freundlichen Herrn H., an die anderen beiden kann ich mich nicht mehr erinnern. Aber es scheint geklappt zu haben, denn kurz darauf war meine Zeit am Dom-Pedro-Platz zu Ende.

Mein Zimmer

Das mittlere Zimmer, in dem ich während meiner Kindheit in der Volkartstraße wohnte, besaß zwar einen Vorbau mit zusätzlichen Fenstern, aber auch zwei Türen, eine zum Gang und eine zum Wohnzimmer. Dadurch war es ein Durchgangszimmer und verbreitete bei Weitem nicht die Atmosphäre der eigenen vier Wände, die das hintere Zimmer meines Bruders besaß. Aber dieser hatte glücklicherweise schon relativ früh ein Einsehen mit meinen Wünschen und zog in den frühen Siebzigerjahren aus, um mit seiner Frau Heidi nach Germering überzusiedeln.

Sicher hätte mein Bruder das ein oder andere Möbelstück mitnehmen dürfen, allein, er tat es nicht, und so überließ er mir nahezu die gesamte Möblierung des Zimmers.

Auf der Minusseite waren da ein alter Kleiderschrank und ein unbequemes Bett, das bald gegen eine multifunktionale Wiener Liege ausgetauscht wurde, aber die Plusseite war wesentlich umfangreicher. Allen voran die Herrengarnitur meines Großvaters Trautner, bestehend aus einem Schreibtisch mit Stuhl und einem Bücherschrank, beide aus dunkler Eiche und mit schönen Verzierungen. Ich habe diese beiden Stücke stets mit umgezogen und sie zieren noch heute meinen Wohnbereich. Außerdem gab es ein Klavier, für das mir mein Bruder noch ein paar Mark abknöpfte, das ich aber im Lauf der Zeit auf mehrfache Weise nutzen konnte. Zum einen stellte der mit einer Klappe verschließbare untere Teil eine ideale Bar für Getränke aller Art dar, zum anderen hatte ich die Idee, die Hämmer des doch schon sehr betagten Instruments mit Reißnägeln zu versehen, was beim Spielen den immer wieder – zumindest kurzzeitig – gerne gehörten Western-Saloon-Klang hervorrief.

Wenn ich dann noch meine Orgel dazustellte, war das Zimmer voll. In der Mitte stand noch ein Tisch, auf den mein Bruder ein großes Schachbrett gemalt hatte und der mir auch heute noch gute Dienste als Abstelltisch erweist. Dieses Zimmer war mein Reich über nahezu 10 Jahre und hat mich so als Rückzugsort oder Mittelpunkt für Treffen der verschiedensten Art durch meine Jugend begleitet.

Beim Friseur

Die Erinnerung an die verschiedenen Phasen meiner Kopfhaarbehandlung beinhaltet außer schmerzlichen Höhen und Tiefen auch unwiederbringliche Bilder aus der Geschichte des Friseurhandwerks. Im Gegensatz zum Haar meines ältesten Sohnes, das er uns bei seiner Geburt als schwarz präsentierte, das sich aber schon sehr bald an der blonden Haarpracht seiner Mutter orientierte, war ich vom ersten Tag an schwarz und blieb es auch. Daran hat sich auch im Laufe der Jahre nichts geändert, wenn man davon absieht, dass sich erwartungsgemäß immer mehr graue Härchen nach vorne kämpfen und die immer wieder gehörte Frage, ob es denn gefärbt sei, doch mehr und mehr verstummen lassen.

Mein erster Standardfriseur war mein Vater. Er hatte dafür zwei erprobte Folterinstrumente zur Hand: Die Effilierschere und den manuellen Haarschneideapparat. Bei Letzterem handelte es sich um eine Art Zange, die zwei Scherreihen gegeneinander schob und auch heute noch im Internet als Haarschneidegerät für Haustiere aller Art angeboten wird. Die Effilierschere wiederum war – und ist – eine Schere, die keine durchgängige Schneide, sondern zinnenförmig angeordnete Schneideelemente besitzt, die zur Aufgabe haben, nur einen Teil der bearbeiteten Haare zu entfernen und so einen harmonischen Übergang zu erzeugen. Beide Geräte können wunderbar funktionieren, wenn sie scharf geschliffen sind. Wenn nicht, tun sie höllisch weh. Und genau das taten sie meistens. Die regelmäßige Folterstunde endete immer mit einem – damals weitverbreiteten - sogenannten Fasson-Schnitt, d.h. das Haar war am Kopf kurz und im Nackenbereich noch kürzer.

„Alles Irdische ist vergänglich, nur der Kuhschwanz, der bleibt länglich" war ein Lieblingsspruch meiner Mutter. So ging auch diese Folter irgendwann zu Ende. Im Zuge der allgemeinen Modernisierung ist mein Vater dann doch auf einen ähnlichen Apparat mit Elektroantrieb umgestiegen, wie er in seiner Art auch heute noch gebräuchlich ist.

Dadurch wurde es bedeutend besser, aber ganz schmerzfrei war es trotzdem noch nicht.

Letzten Endes hatte das Schicksal irgendwann ein Einsehen mit mir, vielleicht hat auch mein Vater frustriert aufgegeben, auf alle Fälle durfte ich irgendwann im Salon Betty in der Ysenburgstraße, in den ich meine Mutter schon jahrelang sehr zur Freude der jungen Friseurinnen begleitet hatte, selbst auf dem Stuhl sitzen. Nicht, dass meine Eltern beschlossen hätten, das Budget um die Friseurkosten für Herbert zu erhöhen, nein, aber im Salon Betty gab es natürlich auch Lehrlinge, die dringend Übungsobjekte außerhalb der anspruchsvollen Hausfrauen-Kundenwelt benötigten. So kam es, dass ich immer wieder einen weiblichen oder männlichen Friseurlehrling durch die Jahre seiner Ausbildung mit regelmäßigen Schnitten begleitete und am Ende oft auch in der Handwerkskammer bei der Gesellenprüfung als Modell antreten durfte.

Ein weiterer Höhepunkt meiner Friseur-Langzeittestreihe war sicherlich Bogey. Er hieß eigentlich Quirin N. und betrieb mit seiner Frau einen klassischen Frisiersalon in der Trivastraße nahe dem Leonrodplatz. Klassisch, weil wie früher üblich ein verspiegelter Teller über der Eingangstüre hing. Klassisch aber auch, weil der Salon aus zwei identischen Räumen bestand, in einem bediente er die Herren, im anderen seine Frau die Damen. Das absolute Highlight aber und der Grund, warum speziell er mir – und meinem Freund Wolfgang - ewig in Erinnerung bleiben wird, war die Zigarette, die er während seiner Arbeit lässig und unablässig im Mundwinkel hielt. Zum heutigen Zeitpunkt, 40 Jahre später, völlig undenkbar, war es damals etwas, das vielleicht Verwunderung, keinesfalls aber Empörung hervorgerufen hat. Jedenfalls hat ihm das von unserer

Seite her – in Erinnerung an den legendären Filmhelden in „Casablanca" – sehr rasch den Spitznamen Bogey eingebracht und da er darüber hinaus sein Handwerk verstanden hat, sind wir ihm doch einige Jahre treu geblieben.

Die Bücher

Das Wort „Gamai" konnte ich schon sehr früh ohne Probleme aussprechen, die wahre Bedeutung ist mir aber doch erst später klar geworden. Denn gelesen habe ich sie alle, die Geschichten von Winnetou und Old Shatterhand, von Kara Ben Nemsi und dem lustigen Hadschi Halef mit den vielen Vorfahren, die allesamt nicht in Mekka waren. Bis es aber so weit war und ich die schönen olivgrünen Bücher von meinem Bruder ausleihen durfte, haben viele andere Gestalten meine Knabenfantasie beschäftigt.

Die olivgrünen Bücher waren allerdings auch die einzigen, die wirklich gekauft wurden, wahrscheinlich von Großeltern und –tanten, um ihrem kleinen Rudi eine Freude zu machen. Ansonsten wurden die Bücher ausnahmslos in der Bücherei ausgeliehen.

Bücherei, das bedeutete in Neuhausen die Stadtbibliothek Ecke Winthir-/Nibelungenstraße, in Haag die kleine Büchersammlung der Pfarrei gegenüber der Kirche. In beiden waren wir sehr bekannt, denn sowohl meine Mutter als auch der kleine Herbert waren äußerst eifrige Leser.

Unzählige Literaturhelden sind damals in meine kindliche Gedankenwelt eingedrungen, aber nur ein paar wenige sind mir wirklich im Gedächtnis geblieben. Da waren Pünkelchen, der kleine lustige Zwerg mit der Zipfelmütze, der kleine dicke Ritter Oblong-Fitz-Oblong und natürlich Doktor Dolittle, der mit den Tieren sprechen konnte. Später verschlang ich die Bücher von Astrid Lindgren, spielte mit den Kindern in Bullerbü und flog mit einem Propeller auf dem Rücken neben Karlsson vom Dach über die Häuser von Lillebror.

Erst nachdem ich auch wirklich alle Abenteuer von Enid Blytons Fünf Freunden hautnah miterlebt hatte, begann das Karl-May-Fieber in mir zu erwachen, das mich bis heute nicht gänzlich verlassen hat. Auch wenn viele andere Romane und Geschichten, etwa von Seehelden zur napoleonischen Zeit, inzwischen meine Bücherschränke und meine Lesestunden füllen, so greife ich doch auch heute noch von Zeit zu Zeit ins Regal, um eine fast vergessene Geschichte aus den olivgrünen Bänden wieder aufzuwärmen und den eindringlichen und bildreichen Erzählstil des kleinen Mannes aus Sachsen immer aufs Neue zu bewundern.

Tauschen statt kaufen

Mit meinem Jahrgang 1956 bin ich zwar mitten in den Jahren des deutschen Wirtschaftswunders geboren, aber das heißt nicht, dass wir damals Geld im Überfluss hatten. Wir wohnten im dritten Stock in einer 100 m²-Wohnung in der Volkartstraße zwischen Orff- und Frundsbergstraße und mein Vater war im gehobenen technischen Dienst bei der Bundesbahn tätig. Wir waren gut versorgt, aber für Schnickschnack und Luxus war kein Geld vorhanden und wollte auch grundsätzlich keins ausgegeben werden. Da es sicher nicht nur uns so ging und wir mit unserem Etat vielleicht sogar etwas über dem Durchschnitt lagen, waren in unserem Umfeld die Wörter „Ausleihen" und „Tauschen" beliebter als das Wort „Kaufen".

Das schlug sich auch im Angebot der Läden in unserer näheren Umgebung nieder. Es gab zwei „Tauschzentralen", die von uns regelmäßig besucht wurden. Die erste – und für mich wichtigere – hieß auch genau so. Sie war gegenüber dem Uhrmacher, bei dem ich später den alten Regulator, den mir mein Großvater vererbt hatte, wieder und wieder in Fahrt bringen ließ (er läuft heute noch) und dem Lotto-Toto-Geschäft vom Zeiser Rudi, einer der Großen aus der glanzvollen Ära der Münchner Löwen. Eigentlich war die Tauschzentrale ein richtiger Spielzeugwarenladen, aber der Kauf der Neuware erstreckte sich dort maximal auf ein Spatz Modellflugzeug, das mit einem Gummi gestartet wurde, oder einer Dose Pustefix zum Seifenblasenmachen.

Den größten Anziehungspunkt des Geschäfts aber stellte ein großer Holzkasten in der Mitte des Raumes dar, in dem alte und neue Comic-Hefte aller Arten sauber sortiert zum Kauf bereit steckten. Da man diese Hefte nach dem Lesen wieder hinbringen und gegen andere eintauschen konnte, hieß das Ganze eben Tauschzentrale. Selbstverständlich ging das nicht zum Nulltarif. Für ein mitgebrachtes Heft bekam man natürlich weniger als ein gleiches zum Mitnehmen kostete. Von irgendetwas musste die Ladeninhaberin ja leben, auch wenn wir Kinder nicht immer das richtige Verständnis dafür aufbringen konnten. Für mich als eifrigen und unermüdlichen Leser der Geschichten von Donald Duck, Micky Maus, Fix und Foxy und Lucky Luke war es auf jeden Fall unterm Strich billiger, als jedes Heft neu zu kaufen. Das neue Heft kostete 75 Pfennige oder mehr, das Eintauschen eines gebrauchten Heftes zwischen 10 und 30 Pfennige. So war also der Gang zur Tauschzentrale ein wöchentlicher Höhepunkt und ich konnte es jedes Mal kaum erwarten, mich in eine Ecke zu verkriechen und meine neu erworbenen Schätze zu verschlingen.

Ab 1960 wurden die in jedem MM-Heft abgedruckten Donald-Duck-Geschichten in separaten Sonderheften „Die tollsten Geschichten von Donald Duck" herausgegeben. Diese Hefte habe ich regelmäßig gekauft, aber die Anzahl comicsüchtiger Freunde war groß und deren Rückgabezuverlässigkeit eher mäßig, sodass ich nach meiner Schulzeit nur auf einen sehr lückenhaften Bestand dieser Hefte blicken konnte. Die fehlenden Hefte habe ich mir dann in den verschiedenen Tauschzentralen Münchens in einem über-Jahre währenden Kampf wieder zusammengekauft. Sie stehen heute, zu meiner – und meiner Kinder – gleichbleibend großen Freude, in 6 gebunden Büchern in meinem Bücherschrank. Im Zeitalter des Internets allerdings wäre das Sammeln wohl um vieles leichter gewesen.

Das zweite Geschäft solcher Art befand sich in einem Rückgebäude rechts neben dem Farbengeschäft Klotz in der Nymphenburger Straße. Der „SPORT RUDI" war eine Institution. Was im Sommer das Fußballspiel war, war im Winter das Schlittschuhlaufen. Am nahen →Kanalkessel war dafür eine Eisfläche geräumt. Im Eintrittspreis enthalten war auch eine Abstellmöglichkeit für die Straßenschuhe; eine musikalische Beschallung und bei Dunkelheit eine einfache Beleuchtung gabs obendrein. Süßigkeiten und heiße Getränke waren im Preis leider nicht inbegriffen. Diese wunderbare Einrichtung lockte uns Kinder oft täglich aufs Eis, wozu man natürlich die richtigen Schuhe brauchte. Hatten meine Eltern sich noch Kufen auf die Straßenschuhe geschnallt, so ging es bei uns nicht mehr ohne richtiges Schuhwerk. Und das gabs beim Sport-Rudi! Denn ach, die Kinderfüße, sie wachsen oft so schnell, dass ein durchschnittlicher Geldbeutel nicht mehr Schritt halten kann. Was im Vorjahr noch gut gepasst hat, drückt heuer schon an vielen Stellen und lässt kein richtiges Vergnügen aufkommen. Also, hin mit den Schuhen zum Sport-Rudi, die alten zurückgegeben und für einen überschaubaren Aufpreis ein paar „neue", größere bekommen. Sehnsüchtig schielte ich dabei immer auf die wunderbaren Hockey-Schuhe, die eindeutig cooler waren und einen Hauch von Können und Souveränität verströmten. Davon wollte meine Mutter aber nichts wissen, die hochgeschlossenen Kunstläufer waren angesagt, da sie angeblich einen besseren Halt versprachen und so das Laufen für uns Kinder erleichtern sollten. Immerhin waren sie schwarz, denn weiße wären für uns Buben nun wirklich völlig untragbar gewesen.

Der Inhaber, also der Sport-Rudi persönlich, ist mir als freundlicher und gutmütiger älterer Herr (zumindest in meinen Kinderaugen) in Erinnerung, der mit großer Geduld bestrebt war, für jeden Kinderfuß den passenden Schuh zu finden. Wahrscheinlich kauften wir dort auch Ski und Skischuhe für mich, aber der nahezu alljährliche Tausch der Schlittschuhe ist mir bis heute in bester Erinnerung geblieben.

Spiel und Freizeit

Dass es in meiner Kindheit viele Spielsachen gab, die für mich eine besondere Bedeutung hatten, lag sicher vor allem daran, dass sowohl mein Vater als auch mein Großvater Fröschl ihre handwerklichen Fähigkeiten nur allzu gerne bei der Herstellung von Geschenken für ihre Sprösslinge einsetzten.

Das älteste dieser Produkte ist heute noch erhalten und wartet schon – zuerst auf eine kleine Renovierung, aber dann - auf die nächste Generation. Eine Eisenbahn aus Metall und Holz, mit Gummirädern und zwei Loks, einigen Personen- und Güterwägen wurde von meinem Großvater schon für meinen Vater gebaut. Einen Antrieb gab es nicht, also rutschten die verschiedenen Generationen von Fröschls auf Knien durch die Wohn- und Kinderzimmer, um die Züge mit Kinderkraft über die Fußböden zu ziehen. Ein schöner Bahnhof, ein Lokschuppen und diverse Signale gab es auch, um den Streckenverlauf abzustecken und die Modellwelt zu vervollständigen, allerdings sind diese – wie leider viele ihrer Vorbilder – dem Zahn der Zeit gnadenlos zum Opfer gefallen.

Ein anderer Dauerbrenner war der Kaufladen. Eine Vielzahl unterschiedlicher Regale an drei Wänden, in der Mitte eine (allerdings gekaufte) Registrierkasse und eine wunderschöne Waage mit selbstgedrehten Messinggewichten, das waren die Werkzeuge, mit denen ich sämtliche Verwandten beackerte, ihnen zum x-ten Male dieselben Minischachteln verkaufte und doch leider immer nur Spielgeld dafür bekam.

Ein ungeklärtes Kapitel in der Familie war und ist mein Bagger. Mein Großvater, der ja gelernter Schlosser und hobbymäßiger Tüftler war, hatte mit diesem Gerät eins seiner Meisterstücke vollbracht. Oberflächlich aus den üblichen Elementen wie Karosserie, Schwenkarm, Kette und Baggerschaufel bestehend, verbarg sich im Innenleben des schweren, etwa 40 cm großen Geräts eine erstaunliche Mechanik. Ein Gewirr aus Ketten und Trommeln sorgte dafür, dass sich nach einer bestimmten zu beachtenden Richtungsreihenfolge des Drehens an einer kleinen Kurbel sowohl der Schwenkarm heben und senken als auch die Schaufel öffnen und schließen ließ. Man konnte damit also mit einer kleinen Kurbel die Schaufel in das Schüttgut senken, öffnen und schließen und das Gut in ein anderes Gefäß oder in einen Güterwagen laden. Ein geniales Ding. Die Technik zu verstehen war mir damals nicht möglich, aber geliebt habe ich meinen Bagger mit Hingabe.

Umso weniger konnte ich in späteren Jahren den Umstand nachvollziehen, dass das Gerät nicht mehr aufzufinden war, als es soweit war, meine eigenen Kinder in die Kunst des Baggerfahrens einzuführen. Eine schlüssige Erklärung seitens meines Vaters hat es nie gegeben und der Verdacht, dass mein Vater das Spielgerät, das aus viel Metall und wenig Holz bestand und möglicherweise abgenutzt, aber sicher nicht irreparabel zerstört war, in einer seiner gefürchteten Entsorgungsaktionen weggeworfen hat, konnte nie wirklich entkräftet werden.

Das Thema elektrische Modelleisenbahn, das mich im reiferen Alter als Hobby begleitet hat und auch heute noch in Form einer Vitrine mit meinen schönsten Fahrzeugen allgegenwärtig ist, hat in meiner Jugend oder Kindheit nur eine geringe Rolle gespielt. Natürlich wird das Thema zuerst immer mit Kindern in Verbindung gebracht, aber im Rückblick und nach sehr intensiver Beschäftigung mit den verschiedenen Phasen des Modellbahnbaus drängt sich mir die These auf, dass das Hobby Modellbahn doch in erster Linie für die Väter von Bedeutung ist. Sicher ist es schön, den fahrenden Zügen zuzuschauen, noch schöner, sie selbst zu steuern, aber auf Dauer, und das geht je nach Mentalität unterschiedlich schnell, ist es dann doch eher langweilig.

Die Strecken ändern sich ja nicht, die Bahnhöfe und Weichen sind immer die gleichen und auch die unterschiedlich ausgeprägte Fähigkeit der einzelnen Loks, gleichmäßig dahinzufahren und dazu noch mehrere Wägen ohne Ausfälle hinter sich her zu ziehen, ermüdet eher als sie den Steuerer herausfordert. Was aber wirklich spannend und abwechslungsreich ist, ist der Bau der Eisenbahn. Der Bau der Landschaft, der Gleisanlage oder der elektrischen Steuerung, jeder Modellbahnbauer hat da seine Vorlieben. Kinder für diese doch eine gewisse Hartnäckigkeit erfordernde Unternehmung zu begeistern stellt sich allerdings in den meisten Fällen als hoffnungsloses Unterfangen dar. Deshalb werden Modellbahnen oft für Kinder, aber selten von Kindern gebaut.

So war es auch bei mir. Aus Platzgründen fiel die Wahl der Spur auf die Spur N im Angebot der Firma Arnold. Mein Vater baute die etwa 1 qm große Anlage in der Zeit vor Weihnachten allein, um mir am Weihnachtsabend eine fertige Bahn präsentieren zu können. Das Bauen wird ihm sicher viel Freude bereitet haben, die fertige Anlage mir selbstverständlich auch, aber eine dauerhafte Beziehung zu dieser Eisenbahn wollte sich bei mir nicht einstellen. Nach der weihnachtlichen Begeisterung waren bald alle Möglichkeiten an Fahr- und Kollisionsspaß ausgeschöpft und das Abstauben der Gleise wurde aufgrund des eher seltenen Gebrauchs immer wichtiger. Irgendwann wurde die Anlage abgebaut, verkauft oder verschenkt und der Platz im mittleren Zimmer (gegenüber der Türe zum Wohnzimmer) konnte wieder anderweitig genutzt werden.

Neben einem Flipperkasten, der in meiner Erinnerung doch einige Zeit überlebt hat, war der Kickerkasten der größte Heimwerker-Coup meines Vaters. Eine große

Schublade wurde so umfunktioniert, dass in ihr alle erforderlichen 22 Spieler Platz fanden. Die Besonderheit war dabei, dass bei jeder Spielerreihe sich zwei Stangen ineinanderschoben, die dickere Träger- und die dünnere Haltestange. Dadurch war man davor sicher, gegnerische Stangen in den Bauch gerammt zu bekommen. Die Spieler waren in den Farben von Schweden und Brasilien lackiert, was einen weltmeisterlichen Rückschluss auf das Entstehungsjahr 1958 zulässt. Die Zeitlosigkeit und Robustheit des Kickerkastens war und ist ungebrochen, obwohl er unzählige Familienfeste und Turniere überstanden hat und nun bei mir im Speicher ungeduldig auf die nächste Spielergeneration wartet.

Ebenso nach wie vor einsatzbereit ist die Kegelbahn meines Großvaters. Im Gegensatz zum Kickerkasten hat diese bei diversen Familienfesten auch die ältere Generation angesprochen und sowohl Vater als auch Großvater immer wieder dazu verleitet, alte Fähigkeiten auszupacken und es den Jungen noch mal zu zeigen, was in vielen Fällen auch gelungen ist. Die hölzerne Bahn mit dem schon sehr abgenutzten Stoffüberzug als Kugelfang, die neun kleinen Kegel mit ihrem rotgesichtigen König, der wunderbare Queue aus Holz und die vier höchst unterschiedlichen Kugeln, die immer und immer wieder nach vorne gestoßen werden, ohne dass die erhoffte Menge an Kegeln umfällt, haben schon viele Generationen an einem Tisch vereint und werden es wieder tun. Denn so einfach das Spiel ist, so zeitlos ist es und ich bin mir sicher, mein Großvater wäre stolz darauf, dass seine geliebte Kegelbahn noch immer in Gebrauch ist.

Im Umfeld meiner Großeltern Fröschl gab es nur ein Unterhaltungsgerät, das regelmäßig in den Abendstunden genutzt wurde: das Radio (→Medien). Gelesen haben beide meines Wissens wenig und wenn die Familie in Form von Schwestern, Schwager oder Sohn mit Enkelkindern zu Besuch waren, gab es vor allem einen beliebten Zeitvertreib: das Spiel. Diskussionen aller – vor allem fruchtloser - Art hatte man höchstwahrscheinlich schon über Jahre hinweg geführt und so widmete man sich in familiärer Einigkeit den in Frage kommenden Spielen.

Das war vor allen anderen „Mensch ärgere Dich nicht", das seinem Namen zum Trotz den temperamentvollen Siegeswillen der einzelnen Mitspieler erstaunlicherweise immer wieder aufs Neue herausfordern konnte. Als nahezu gleichwertigen Ersatz gab es das „Neunerln", eine Art „Mau-Mau" oder ein Brettspiel, das Topfspiel genannt wurde. Auf einem Spielbrett waren rundum 9 Felder mit den Zahlen 2 bis 11 (ohne 7) aufgemalt. Um jede Zahl waren ringsum kleine Kreise aufgezeichnet, deren Anzahl genau der Zahl in der Mitte entsprach. Jeder Mitspieler hatte eine Anzahl Münzen (Pfennige?) vor sich und durfte einmal mit 2 Würfeln werfen. Bei der geworfenen Zahl wurde eine Münze in einen der kleinen Kreise gelegt. Waren aber alle Kreise bereits gefüllt, durfte der Spieler alle Münzen einstreichen. In der Mitte des Bretts war der Topf. Bei einer 7 musste immer in den Topf gelegt werden, der aber nur mit einer 12 geleert werden konnte. Ziel war es natürlich, möglichst viele Münzen zu horten.

Darüber hinaus brachte mir mein Großvater die Kartenspiele „66", „Watten" und „Tarock" bei, die auch bei Familienfeiern immer wieder gerne gespielt wurden. Schafkopf war in seiner Generation eher unüblich gewesen, das habe ich mir im Gymnasium dann mit anderen, gleichaltrigen „Lehrern" angeeignet.

Mein Budget während meiner Studienzeit konnte ich mir ja im →Orgelstudio glücklicherweise gehörig aufbessern. Aber auch in meiner Zeit am Gymnasium gab es zwangsläufig Ausgaben, die das offizielle Taschengeld, obwohl mein Vater damit nicht geizig war, doch hin und wieder überstiegen. Den entsprechenden Minijob zur Deckung dieser Finanzierungslücke hat mir mein Freund Peter verschafft. Oder besser gesagt, er war mein Vorbild. Die Tätigkeit war das wöchentliche Austragen der Münchner Kirchenzeitung. Jede Woche musste ich zuerst alle Zeitungen abholen, falten, den Kirchenanzeiger einlegen und dann mit dem Rad und einem entsprechend großen Korb meine Route abfahren. Es waren die KKZ-Leser im Bereich der südlichen und nördlichen Auffahrtsallee und sie hatten natürlich alle eines gemeinsam: die Nähe zur Kirche. Das zahlte sich insbesondere dann aus, wenn ich nicht nur zum Abliefern, sondern zusätzlich auch zum Abkassieren vorbeikam. Denn dann gabs in der Regel ein gutes Trinkgeld, da ja auch in dieser Gegend nicht gerade die ärmsten Leute wohnten.

In dem Gebäude mitten im Kriegsbeschädigtenpark war neben der Wirtschaft auch das Park-Kino untergebracht. In meiner Kindheit und Jugend hat ja das große Kinosterben in München eingesetzt, das Schlosstheater neben dem Jagdschlössl und das Atrium Ecke Nymphenburger/Landshuter Allee nur als Beispiele in der Nähe. Auch das Park-Kino ist davon nicht verschont geblieben, aber vorher war es für uns noch einige Zeit das Kino unserer Wahl. Wie viele Filme ich dort gesehen habe, weiß ich nicht, aber an Ben Hur kann ich mich noch erinnern. Ein Film mit Pause, das war schon etwas Besonderes. Als das Kino dann einige Zeit später schließen musste, wurden u.a. die roten korb-

bespannten Stühle versteigert. Mein Freund Peter hat dabei
ein paar Stück ersteigert und noch Jahre später konnten wir
es uns auf ihnen auf dem Grundstück seiner Eltern in
Aidenried am Ammersee gemütlich machen.

Im Hof

Unser Hof in der Volkartstraße war – auch in der Rückschau – wohl einer der hässlichsten im ganzen Viertel. Mit
vielen anderen teilte er im Krieg das Schicksal der Bom-
bardierung und nach der Aussage meiner Eltern reichte der
Schuttberg im Frühjahr 1945 bis zum 1. Stock. Wie er davor ausgesehen hat, weiß ich nicht, nach der Schuttbeseiti-
gung ist jedenfalls wenig für seine Verschönerung getan
worden. Eine kleine Garage wurde gebaut und wieder abgerissen, die Reste waren am Boden noch lange zu sehen.
Damit und mit einer steilen Treppe abwärts zu einer Ka-
minkehrerwerkstatt, auf deren Absatz ich selbstredend
auch einmal hinunter geplumpst bin, und aufgrund seiner
grundsätzlichen, schmalen L-Form bot unser Hof außer
einer Kombination von verschiedenen Betonarten wenig
Höhepunkte. Außer natürlich das Fußballtor.
Damals war es nämlich üblich, dass in jedem Hinterhof
der Stadt mindestens ein Fußballtor stand. Das war meist
aus Eisenrohren zusammengebaut und hatte kein Netz, aber
die Größe war genau richtig für heranwachsende Fußball-
stars. Dass es sich dabei eigentlich um eine Teppichstange
handelte, war für uns Buben zweitrangig bis vollkommen
uninteressant. Wichtiger war schon, welche Art von Haus-
meister oder Hausbesitzer mit Argusaugen über die ziel-
gerechte Verwendung dieser angeblichen Teppichstange

wachte. Denn von dieser Sorte gab es immer jemanden. Er oder sie erschien pünktlich, kurz nachdem wir uns durch ein paar gezielte Treffer eingeschossen hatten und vertrieben uns je nach Auftreten mit mehr oder weniger Erfolg.

Eine solche Stange gab es eben auch in unserem eigenen Hof. Was lag also näher, als nicht in die Ferne zu schweifen, sondern das Match in die Nähe der eigenen Küche zu verlegen. Das garantierte zumindest, dass der Ruf „Essen ist fertig" der kochenden Mutter sicher gehört wurde. Leider gab es aber auch in unserem Hof eine Hausbesitzerin, der unser sportliches Treiben ein Dorn im Auge war. Sie wurde nicht müde, auf die Hausordnung hinzuweisen und auf die Gefahr, dass ihren Zäunen und Mauern Schaden zugefügt werden könnte.

Aber damit nicht genug. Selbst wenn diese Hürde irgendwie überwunden war, gab es noch viele andere Störfaktoren. Unser „Teppich"-Tor stand sozusagen mit dem Rücken an einer mannshohen kurzen Mauer, die mit jeweils 135 Grad an zwei weitere Zäune anschloss. Es standen also insgesamt drei weitere Hinterhöfe zur Verfügung, in denen der Ball sowohl bei Treffern (oft) als auch bei Fehlschüssen (sehr oft) zwangsläufig landete. Einer von uns, der die Ballholer-Arschkarte gezogen hatte, musste sich dann zwischen dem langen Weg außen herum und dem kurzen Weg oben drüber entscheiden. Nahezu gesichert war dabei, dass in jedem der Höfe ein Aufpasser oder eine Aufpasserin bereits darauf wartete, uns unsere Missetat lautstark vor Augen zu halten.

Einer der drei Höfe besaß nur Zugang durch die stets geschlossene Haustüre, war also für eine Zaunübersteigung prädestiniert und Frau E. stand dann grundsätzlich auf ihrem Balkon und schimpfte herunter. Mit ihr habe ich mich später fast angefreundet, als ich 1982 in ihrem Haus eine kleine Wohnung bezogen habe, aber als Kind hätte ich sie vom Balkon stoßen können.

Fußball

Fußball war der Gott meiner Jugend. Sein Stern ist erst langsam verblasst, als ein anderer Gott mit schönen Rundungen seinen Platz übernommen hat. Wann genau es angefangen hat, weiß ich nicht mehr, aber ab irgendeinem Zeitpunkt meiner Volksschulzeit gab es für mich nach den Hausaufgaben nur ein Thema: Ab zum Fußball. Hausaufgaben vorher waren allerdings Pflicht. Darauf bestand meine Mutter und da gab es auch keine Diskussion. Also schnell Mittagessen und ebenso schnell Hausaufgaben machen, vielleicht sogar noch mit Vokabeln Abfragen, aber dann los.

Natürlich gab es da einen Verein mit Vorbildfunktion. In dieser Zeit war der TSV 1860 das Maß aller Dinge. Nicht dass ich mich an einen Besuch im Grünwalder Stadion in dieser Zeit erinnern könnte. Das war in unserer Familie nicht vorgesehen und bei meinen Freunden ebenso wenig. Aber die Begeisterung dafür war groß. Ein hellblaues Trikot war Pflicht, ein Wappen hat mir meine Mutter aufgenäht, so entstand meine tägliche Uniform und der Fredy Heiß war dabei mein großes Vorbild. Rechtsaußen oder halbrechts stürmen und jede Menge Tore schießen, das war mein Ding. Verteidigung oder Torstehen eher weniger.

Überhaupt die Aufstellung, die Spielvorbereitung, die war immer spannend. Da ich meistens die Klappe aufhatte und vielleicht auch eine gewisse balltechnische Begabung aufweisen konnte, war ich sozusagen zum Dauer-Spielführer prädestiniert. Mein jeweiliger Gegenpart und ich hatten dabei zwei Möglichkeiten der Mannschaftswahl: Entweder blind oder offen. Blind hieß, abwechselnd Nummern zu rufen, die im „Mannschaftspool" vorher intern vergeben worden waren, aber meistens wurde offen gewählt, also abwechselnd aus dem o.g. Pool der verfügbaren Mitspieler. Wer dabei anfangen durfte, entschied in der Regel ein einfaches „Abschreiten": Wie Duellanten ging man 5 oder 10 Schritte auseinander, um sich dann umzudrehen und Schuh an Schuh auf den anderen zuzuschreiten. Jeder durfte abwechselnd seinen Fuß setzen und wer den Schuh nicht mehr unterbrachte, hatte verloren.

Besonders heikel war immer die Torwartfrage. Manchmal gab es tatsächlich Mitspieler, die gerne ins Tor wollten und auch fähig dazu waren. Das war natürlich angenehm, aber doch eher selten und wenn ja, dann war es kaum mehr als einer. Beim Rest wurde einer „ausgewählt" oder es wurde durchgewechselt. Aber das Grundprinzip war und blieb: die Guten vorne, die Schlechten hinten!

Ein Kapitel für sich waren die Tore selbst. Auf den bevorzugten Plätzen, im Grünwaldpark und auf der Lagerwiese („Lagsi") gabs keine „richtigen" Tore, also mussten Jacken, Schuhe, Taschen oder Tüten etc. herhalten, was natürlich bei jedem Schuss, der nicht flach war, unweigerlich Diskussionen zur Folge hatte. Aus diesem Grund war ein Spiel auf „echte" Tore immer etwas ganz Besonderes. Diese gabs aber nur z.B. hinter der Schlossmauer oder auf dem Amititia-Platz hinter dem Dantebad. Zur Schlossmauer war es zu weit für die Allgemeinheit und auf dem Amititia-Platz wurden wir meistens schnell vom Platzwart weggescheucht. Also blieben uns die meiste Zeit doch nur unsere Jacken und unsere Diskussionen.

Ein Teil meiner Fußballkarriere spielte sich im Gymnasium ab. Über alle neun Jahre hinweg war Fußball immer meine Lieblingsbeschäftigung in der Turnstunde, leider jedoch waren die Lehrer nicht immer bereit, dieser nachzugeben. Ein Großteil der Turnstunden musste mit Geräteturnen, Leichtathletik und anderen nutzlosen Aktivitäten vertändelt werden. Wenn dann aber Fußball angesagt war, war ich in meinem Element. Drei Sorten standen zur Auswahl: Feldfußball bei schönem Wetter und freiem Platz, der allerdings aus Teer bestand und erst ganz am Schluss meiner Schulzeit auf Tartan umgebaut wurde. Hallenfußball mit Bande, mein absoluter Favorit und manchmal auch Sitzfußball, bei dem die ganze Klasse auf dem Boden der Turnhalle saß und man immer nur darauf wartete, den Ball irgendwie zu bekommen.

Ein besonderes Highlight für mich waren die – meist von mir organisierten – Klassenspiele gegen Parallel- oder andere willige Klassen. Schon Tage vorher schaute ich im 5-Minuten-Takt zum Himmel, ob das Wetter halten würde und kümmerte mich um die ausreichende Anzahl an qualifizierten Mitspielern. Dann galt es noch, einen Ball von einem Turnlehrer zu bekommen, da der eigene Ball für den Teerplatz eher nicht geeignet war. Alles in allem eine spannende Sache – zumindest für mich. Sieg oder Niederlage traten dabei fast in den Hintergrund.

Domsingknaben

In einer Unterrichtsstunde der Dom-Pedro-Schule in meinem 2. Grundschuljahr 1963/64 stand plötzlich ein in eine braune Kutte gekleideter Ordensmann im Klassenzimmer. Wenig Haare, aber viel Ausstrahlung und ein weithin spürbarer Zigarrenduft, so sprach er mit unsrer Lehrerin. Dann wurden wir gefragt, wer Lust hätte, in einem Chor zu singen oder vielleicht auch, wer denn musikalisch ist und gerne singt. Dann durften die Interessenten mit ihm in ein anderes Klassenzimmer gehen, wo es einen kleinen Eignungstest gab. Noch heute sehe ich den großen, viereckigen Mund von Pater Norbert vor mir, als er mich animierte, nach Vorsingen eines Dreiklangs denselben nachzusingen. Anscheinend konnte ich fürs Erste überzeugen, denn kurze Zeit später fand ich mich regelmäßig (ein- oder zweimal pro Woche) im Probesaal der Domsingknaben über dem westlichen Seiteneingang der Theresienkirche wieder.

Ein netter junger Herr unterrichte uns in Theorie und Praxis, Notenlehre und Stimmbildung. Irgendwann in dieser Zeit erfolgte die Stimmeinteilung und bei manchen musste dabei ein längeres Lied gesungen werden, aber mein Gang in den Alt war nach dem ersten Ton sonnenklar. Zu Weihnachten gabs ein gegenseitiges Austauschen von Geschenken, für mich war aus irgendwelchen Gründen keines übrig, dafür gab mir der Lehrer 5 DM. Wahrscheinlich das beste Geschenk, aber ich war todunglücklich!

Nach einem Jahr war es soweit, wir durften in den Chor, Probe war Montag und Donnerstag am späten Nachmittag. Auftritte waren ca. vierteljährlich im Dom, zu Weihnachten in der Süddeutschen Zeitung und viele ähnliche Anlässe. Seltsamerweise kann ich mich an Auftritte in St.

Theresia nicht erinnern, obwohl es diese ganz sicher gegeben hat. Umso mehr erinnere ich mich an die Messen im Dom: Nachdem uns der Bus vor dem Pfarrsaal, der über der Sakristei lag, ausgeladen hatte, gings hinauf in den Saal zum Einsingen, aber statt der richtigen Stimmvorbereitung galt unser Hauptinteresse dabei zwei ganz anderen Dingen: Zum einen war es – gerade für uns Kleinen – spannend, die richtige Albe zu ergattern, da von der für mich nötigen Größe nur ein beschränkter Vorrat vorhanden war. Einige nette Damen aus der Pfarrei versuchten, die aufgedrehten Knaben einzukleiden und zu beruhigen. Zum anderen wollte keiner den Auftritt des Leibhaftigen verpassen. Irgendwann nämlich, im Verlauf unserer Probe, ging die Türe auf und ER kam herein. ER, das war, wie ich viel später als Domchorsänger erfahren habe, Prof. W., der Domorganist, der mit unserem Pater Norbert den Messablauf besprochen hat. Das wäre an sich nichts Besonderes gewesen, hätte nicht Prof. W. eine frappierende Ähnlichkeit mit Franz Liszt persönlich gehabt. Wallendes weißes Haar und grimmiger Blick, eine wahrhafte Erscheinung, die uns kleinen Buben in Verbindung mit dem riesigen Dom und der vorhandenen Nervosität immer gehörigen Respekt eingeflößt hat.

Ein weiterer Höhepunkt der Messe war die Wandlung. Wir haben im Dom grundsätzlich a cappella und immer vorne auf den Altarstufen gesungen. Man war damals ja gewöhnt, dass vor und während der Wandlung die Ministranten kleine Glöckchen läuteten, aber was hier im Dom geläutet wurde, war ein vollkommen unnatürliches „Scheppern", das bei uns eine einzige immer wiederkehrende Reaktion hervorrief: lautes Lachen. Und zwar jedes Mal. Wir wussten das und waren sozusagen vorbereitet, konnten –

oder wollten – aber das Lachen nicht verhindern. Konsequenterweise gab es Ermahnungen und Kopfnüsse der Männerstimmen, aber es war und blieb für uns der absolute Höhepunkt unsrer Dom-Auftritte.

Von den Mitgliedern des Chores ist mir eigentlich nur einer in Erinnerung. Der Seppi, dessen Vater eine Bäckerei in der Gernerstraße hatte (die er später zur „Seppls Backstube" mit Filialen ausgebaut hat). Mit ihm hab ich regelmäßig vor oder/und nach der Probe auf dem Kirchvorplatz Fußball mit einem Tennisball gespielt. Als Tor zählte nur die unterste Stufe der Treppe, aber flaches Spiel war sowieso Ehrensache. Alles andere war uncool, würde man heute sagen.

Eine besondere Freude machte es Pater Norbert, einen kleinen Kreis an Knaben zu sogenannten Eispartys einzuladen. An Einzelheiten kann ich mich nicht erinnern, wir brachten das Eis mit und aßen bei ihm im Zimmer oder auch oft in den Besucherzimmern des Klosters. Er hat dabei sicher den ein oder anderen auf seinen Schoß genommen und gedrückt, aber ich habe nur sehr gute Erinnerungen an diese Zeit. Eines Tages schenkte er mir sein „Philips"-Radio, das ich stolz mit nach Hause nahm. Meine Mutter schlug die Hände über dem Kopf zusammen, verordnete dem Gerät eine äußerliche Vollreinigung und siehe da, hinter der durchgehend beigen Fassade entpuppte sich das Gerät, erlöst von jahrelang anhaltendem Zigarrenqualm, als strahlend weiß und tat noch einige Jahre seinen Dienst.

Noch schöner als das Singen war natürlich das nicht Singen, will heißen, die zwei Proben jede Woche nahmen doch einiges der so dringend benötigten Freizeit in Anspruch. So kam es, dass jeder Sänger sehnsüchtig auf das Einsetzen seines Stimmbruches wartete, da dieser ihm eine chorfreie

Zeit von bis zu einem Jahr in Aussicht stellte. Mein Körper hatte sich allerdings eine besondere Gemeinheit ausgedacht. In der letzten Singstunde vor den großen Ferien begann ich zu krächzen, in der ersten Stunde danach sang ich bereits im Bass!

Mitte der 70-er Jahre wurde es für Pater Norbert immer beschwerlicher, den physischen und psychischen Strapazen einer Knabenhorde standzuhalten. Außerdem zermürbte es ihn, dass jede Organisation und Ansage eines Auftrittes ein Kampf mit den Eltern gegen Ausflugspläne und andere Termine war. Der Chor wurde aufgelöst, es gab hin und wieder ein paar nostalgische Eispartys, aber eines Tages ist Pater Norbert dann– zumindest für mich – doch ziemlich unerwartet gestorben.

Freunde

Natürlich haben mich viele Freunde durch meine Kindheit begleitet. Vielleicht der erste, der diese Bezeichnung verdient, war Karlheinz A., der von meinem ersten Grundschultag an mit mir den Schulweg teilte, auf den mich meine Mutter sehr bald schon alleine schickte. Er war nicht lang, ca. 500 Meter, und man musste nur die Ruffinistraße und die sehr kleine Johann-Pez-Straße überqueren. Aber das hieß nicht, dass es hier und auch im näheren Umfeld nicht einiges zu erkunden gegeben hätte. Einige Geschäfte, viele Innenhöfe und eine Ruine, deren Betreten uns natürlich explizit verboten worden war, waren der tägliche Schauplatz unserer Erholung nach 4 Stunden Stillsitzen. Mit Karlheinz habe ich später auch den sehr viel längeren Weg zum Wittelsbacher Gymnasium unsicher gemacht und die einzelnen Metzgereien getestet, bis mir meine Eltern endlich mit 13 Jahren erlaubten, den Weg zur Schule mit dem Rad zurückzulegen.

Später haben wir dann versucht, unsere beiden Instrumente, Cello und Orgel, gemeinsam erklingen zu lassen, was nicht immer in einem musikalischen Ohrenschmaus geendet hat. Karlheinz war es auch, der mich irgendwann dazu gebracht hat, mit ihm in den →Hirschgarten zu fahren, wo ich Feuer gefangen habe und über Jahre hängen geblieben bin, er sich aber bald wieder zurückgezogen hat.

Im Gymnasium kamen weitere Freunde dazu. Christian R. hat mir das →Tennisspielen beigebracht, mit Kurti O. hab ich mehrere Radtouren in die Schweiz, ins Salzkammergut und über den Gardasee bis an die Cote d'Azur gemacht.

Eine längere Phase meiner Gymnasialzeit war ich fast täglich mit Manfred O. und Peter S. zusammen. Wenn wir uns nicht im Hirschgarten aufhielten, fand man uns zusammen beim Billard oder Kegeln oder auf unserem gemeinsamen Segelboot am Ammersee, wo Peters Eltern ein kleines Grundstück mit Wohnwagen hatten. Darüber hinaus verbrachten wir vierzehntägig die Samstage im Olympiastadion, um bei unzähligen 1860-Spielen mitzufiebern.

Eine kurze Phase am Ende meiner Gymnasialzeit war geprägt von häufigen Treffen mit Klaus W. In dieser Zeit kaufte ich auch mein Gitane-Tandem, mit dem wir beide bald darauf →quer durch Frankreich unterwegs waren.

Mit Wolfgang S., der mein Leben seit der 4. Grundschulklasse bis heute begleitet, verband mich zuerst der Fußball im Grünwaldpark, dann der →Tennissport, und in späteren Jahren haben wir so manche Urlaubsreise zusammen unternommen. Ob auf hochinteressanter Tour durch Israel, ob atemlos mit dem Zug quer durch Europa, ob mit dem stets reparaturanfälligen Tandem durch Deutschland und Österreich oder einfach nur zu Fuß in den Bergen unterwegs, eines hatten all unsere Reisen gemeinsam: Die Sammlung an unvergesslichen Erlebnissen und lästerungswürdigen „Freunden" hat sich stets zuverlässig erhöht.

Die Medien

Als ich auf die Welt kam, steckte das Fernsehen noch tief in den Kinderschuhen. Das Standardgerät war das Radio mit eingebautem Lautsprecher, ein großer, aber schöner Holzkasten mit großem, stoffüberzogenen Lautsprecher sowie elfenbeinfarbenen Tasten und Drehknöpfen darunter. Bei meinen Großeltern stand dieses Gerät, so lange sie lebten, bei meinen Eltern wurde es in meiner frühen Kindheit gegen ein modernes Gerät in silber/weiß eingetauscht, das aber nur rein äußerlich – aus damaliger Sicht - eine Verbesserung brachte. Der Clou in der Volkartstraße war der Dual-Plattenwechsler, der in einem kleinen Schrank darunter eingebaut war und 10 Langspielplatten ohne Pause abspielen konnte. Natürlich jeweils nur eine der beiden Seiten, aber diese Funktion kam sowieso praktisch nie zum Einsatz.

Was jedoch sehr häufig benutzt wurde, war der Plattenspieler an sich. Am Tonarm konnte man zwischen den 3 Geschwindigkeiten 33, 45 und 78 wählen. Und das war notwendig, denn neben den Singles(45) und den LPs(33) gab es noch eine ganze Sammlung an alten Schellackplatten, die nur dann ihre wahren Töne preisgaben, wenn sie mit dem atemberaubenden Tempo von 78 Umdrehungen pro Minute abgespielt wurden. Der Klassiker darunter war das Zwischenspiel aus Notre Dame, das meine Eltern zu jeder Tages- und Nachtzeit hören konnten. Daneben war – schon auf LP - Mario Lanza ein vielgehörter Gast und am Sonntag zum Mittagessen gabs ein Flötenkonzert von Mozart.

Im Jahr 1964, rechtzeitig zu den olympischen Winterspielen in Innsbruck, war es dann doch soweit und das Fernsehen hielt Einzug in unser Leben. Saba Schauinsland hieß das Gerät, das uns – damals noch in schwarz-weiß – Bilder aus der Welt lieferte und uns die Stars ins Haus schickte. Peter Frankenfeld, Hans-Joachim Kulenkampff und Peter Alexander gaben sich reichlich Mühe, im neuen Medium gegen alte Stars wie Hans Moser oder Heinz Rühmann zu bestehen und hatten damit auch Erfolg. Jeden Abend, aber ganz besonders am Samstagabend saß die Familie gesammelt vor dem Kasten, um das Highlight der Woche live mitzuerleben.

Mein Einstieg in die persönliche Medienwelt war ein kleines Sanyo-Tonband. Lange vor der Zeit, als die allgegenwärtigen Kassettenrekorder nicht aus der Hand genommen wurden, saß ich abends vor dem Fernsehapparat, schärfte meiner Familie äußerste Ruhe ein und versuchte, Titel- und Abspannmelodie beliebter Fernsehserien mit einem kleinen Mikrofon aufzunehmen. Den Ton direkt vom Gerät abzunehmen, war damals nicht möglich, aber mein Ziel habe ich erreicht. Auch heute noch kann ich mir die kurzen Sequenzen als private Rarität zu Gemüte führen.

Später wurden die Tonbandgeräte größer und mussten vor allem am Freitagabend bei den obligatorischen Schlagern der Woche stets bereit sein, um einen neuen Hit auf Magnetstreifen zu bannen. In den Domchor- und Angeluskreiszeiten sind dann zwei hochwertige Sennheiser-Mikrofone dazugestoßen, die gute und weniger gute Musikaufführungen gnadenlos dokumentierten und auch heute noch in meinem CD-Schrank abrufbar sind.

Haag

So wie im richtigen Leben letztendlich alles miteinander verwoben ist, so ist es auch in diesen Erinnerungen nicht zu verhindern, dass sich einige der Geschichten überschneiden. So auch hier. Ein Großteil der Erinnerungen an Haag steht natürlich in Zusammenhang mit meinen Großeltern, aber darüber hinaus spielen die Fahrten und Aufenthalte in Haag in meinem Leben doch auch eine gesonderte, für sich stehende Rolle.

Am Anfang jedes Haagbesuches stand die Anreise. Diese begann am Rotkreuzplatz, der nächsten Haltestelle der Linien 4 und 21. Die Haltestelle Volkartstraße gab es damals noch nicht. Die 21 fuhr durch die Nymphenburger Straße zum Stiglmaierplatz, bog dort in die Seidlstraße, um vor der Paul-Heyse-Unterführung links abbiegen und am Bahnhof entlang zu fahren. Wir mussten zum Holzkirchner Bahnhof, stiegen also an der Ecke Seidlstr./Arnulfstr. aus und machten uns auf den unangenehmen Weg durch die Unterführung. Vom Holzkirchner Bahnhof aus fuhren (und fahren heute noch) die Züge nach Mühldorf ab.

Die Stationen nach dem Ostbahnhof waren Feldkirchen, Poing, Markt Schwaben, Hörlkofen, Walpertskirchen und schließlich Thann-Matzbach. Am dortigen Bahnhof, der in der Mitte zwischen den Orten Thann und Matzbach lag, wartete dann schon der Zug nach Haag. An die Dampfzüge kann ich mich eigentlich nicht mehr erinnern, dafür umso mehr an die kleinen roten Dieseltriebwägen der Reihe VT 98. Da habe ich schnell Freundschaft geschlossen mit dem Lokführer S., der mich immer wieder neben sich auf dem kleinen Klappsitz sitzen ließ. So verging die Fahrt über Lengdorf, Bittlbach, Isen, Berging, Pyramoos und Winden nach Haag doch deutlich kurzweiliger als neben meinen Eltern.

Der Lokführer S. teilte sich damals die Strecke mit einem Kollegen, d.h., die beiden fuhren tagaus tagein nur diese Strecke zwischen Thann-Matzbach und Haag. Dabei hatte Lokführer S. einen heldenhaften Ruf: Er hatte einmal eine Katastrophe verhindert, als sich ein Güterwagen in Isen selbstständig gemacht hatte und auf abschüssiger Strecke dem voll besetzten Zug aus Thann-Matzbach entgegengerollt war. Herr S. hatte damals blitzschnell reagiert, seinen Triebwagen gestoppt und gewendet, sodass niemand zu Schaden gekommen war.

Der Markt Haag selbst bestand damals in meiner Erinnerung vor allem aus den wunderbaren Läden, in denen Sachen eingekauft wurden, die zu Hause in München eher weniger auf der Liste standen. Die Metzgereien mit den Schmankerln Streichwurst und Fleischsalat, die Bäckereien mit herrlich duftenden Semmeln und Schuxen sowie die Molkerei mit einem köstlichen Schlagrahm. Außerdem gab es da natürlich den Hackbraten im Gasthof F. In München sind wir praktisch nie zum Essen gegangen, aber in Haag wurde der Gasthof an der Hauptstraße doch regelmäßig besucht und neben dem Hackbraten waren dort die Wollwürste mein Lieblingsgericht. Das Schnitzel, das ich sicher auch gern gegessen hätte, war außerhalb der Reichweite, es thronte wie ein unerreichbarer Fürst mit ca. 9,80

DM am unteren Ende der Speisekarte, während sich mein Hackbraten und die Milzwurst, die mein Vater so liebte, mit 4 bis 5 DM zurückhaltend in die Reihe der anderen Gerichte einfügte.

Zu den genannten lukullischen Freuden gesellten sich in gesicherter Regelmäßigkeit auch die Schmankerl dazu, die im Altersheim St. Kunigund für mich abfielen. Zum Beispiel auf dem Tisch meiner Großmutter. Auch wenn die Heimkost aus Sicht eines Kindes sicher nicht als Schmankerl im herkömmlichen Sinne zu bezeichnen war, so barg sie doch eine gewisse Andersartigkeit und damit auch eine Anziehungskraft. Da waren etwa das gummiartige Mischbrot, das für mich eine schmackhafte Abwechslung bot zu dem dunklen, klebrigen Roggenbrot, das meine Eltern so bevorzugten. Und natürlich diverse Kuchen und Schmalznudeln, die mir sowohl in Omas Zimmer als auch in der Küche bei gelegentlichen Besuchen zugeschoben wurden.

Außer den Highlights für meinen Gaumen gab es aber in Haag auch noch viele andere Dinge, die in meinem Kinderherzen Ferienstimmung aufkommen ließen. Am Anfang wohnten wir ja noch im Hörmannhaus, an das eine große heute noch freie Wiese grenzt. Damals wurde ein Teil dieser Wiese als Acker von den Knechten und Mägden des Bauern H. bewirtschaftet, der gegenüber sein kleines Gehöft hatte. Ob es diesen Arbeitenden gefiel oder nicht, immer wieder in den Sommermonaten tauchte neben ihnen ein kleiner Dreikäsehoch auf, um sie mit seinem Gesang von der Arbeit abzuhalten. Die einzigen Lieder, die er beherrschte, waren „O my Darling Caroline" und „Ein Wagen von der Linie 8", also kamen diese in steter Regelmäßigkeit zum Einsatz. Bis heute hält sich allerdings hartnäckig das Gerücht, dass es den Leuten damals wirklich gefallen hat und der kleine Bub immer gerne gesehen und vor allem gerne gehört wurde. Andere Höhepunkte waren sicher die vielen Spaziergänge, die oft mit einem kinderfreundlichen Programm verbunden waren. Neben Himbeer- und Blaubeerpflücken (Taubeeren hießen sie bei uns) war da vor allem das Schwammerlsuchen der Klassiker. Richtige Steinpilzwälder gab es zwar wenige, dafür aber umso mehr Gebiete, in denen Perlpilze und „Silberchampignons" wuchsen. Letztere wurden wegen ihrer silbrig glänzenden Kappe von uns so genannt, obwohl sie eigentlich Zigeuner hießen. Auch für die beliebten Rotkappen gab es eine Ecke, die immer wieder erfolgreich aufgesucht wurde. In guten Jahren haben wir so viele gefunden, dass es unmöglich war, sie alle selbst zu essen. Dann schickte mein Vater die besseren mit einem Paket nach München, wo sich einige Städter über die Sendung gefreut haben und die Pilze ohne nähere Überprüfung (und bekannt gewordene Nachwirkungen) verspeist haben. Es hielt sich allerdings hartnäckig das Gerücht, dass unsere Fröschl-Oma immer erst eine halbe Stunde abwartete, nachdem ihr lieber Josef gegessen hatte, bevor sie beruhigt war und selbst zugriff.

Sommer war natürlich Badezeit, auch in Haag. Es gab dafür zwei Optionen: Die erste hieß Schwimmbad: Dieses lag (und liegt) im Süden Haags, leicht außerhalb, und war ein wunderschönes Naturbad. Das bedeutet, dass das Schwimmbecken eher ein großer Teich war, der von Holzbohlen fest umrandet und mit Einstiegstreppen versehen war. Es gab eine Insel und einen flacheren Nichtschwimmerbereich, in dem ich definitiv das Schwimmen gelernt habe. Mit Schwimmflügeln und einer hartnäckigen Mutter, die immer ein Stückchen zurückwich, wenn ich auf sie zu gepaddelt kam, war es irgendwann so weit. Im Halbkreis um die Wiese neben dem Bad waren die hölzernen Kabinen, deren Duft mir heute noch beim Gedanken an das Bad in die Nase steigt. Natürlich gab es auch einen unerlässlichen Kiosk, dessen Eisvorräte schier unerschöpflich waren. Am liebsten aber war mir ein bestimmter Lutscher, der einen Schokokern aufzuweisen hatte und für mich den absoluten Höhepunkt eines Badbesuches bedeutete. Das Bad, leicht renoviert, existiert noch immer und bietet mit seinem kleinen Wirtshaus ein nicht zu verachtendes Ausflugsziel bei einer Haag-Erkundungswanderung.

Die zweite Option war der Soyer See. Fährt man heute inmitten des dichten Straßenverkehrs auf der B15 nach Süden, ist es kaum nachvollziehbar, dass wir die Strecke von Haag ans Westufer des Sees auf dieser Straße immer ohne Probleme geradelt sind, meine Mutter und ich auf alten Damenrädern, wobei meine Mutter in München schon lange nicht mehr Rad gefahren war.

Ein sehr seltenes, aber umso schöneres Event war die Schlossturmbesteigung. Heute ist der Turm frisch saniert und kann mit einer Führung besichtigt werden. Vor Jahren gab es dort ein Museum, das aber aufgrund von Sicherheitsbestimmungen bald wieder schließen musste. Im Anschluss fand man auf der wenig aussagekräftigen Webseite Berichte über langjährige Renovierungsarbeiten. Damals gab es nichts von allem. Der Turm stand einfach da, war im Prinzip versperrt, aber im Pfarrhaus gab es den Schlüssel und wer in dessen Besitz war, konnte den Turm besteigen, so einfach war das. Ob es wirklich einfach war, den Schlüssel zu bekommen, weiß ich nicht mehr, aber in meiner Erinnerung war es das schon. Jedenfalls kann ich mich an zwei oder drei Gelegenheiten erinnern, an denen mein Bruder und ich mit dem mächtigen Schlüssel die große Tür am

Ende der langen Treppe aufsperrten, über den Innenhof gingen und dann irgendwie die alten Holztreppen zum Turmstüberl hinaufstiegen. Alle anderen Bilder und Einzelheiten kann ich nicht mehr abrufen, aber die Bilder des mehr oder weniger hohlen Turmes mit den hölzernen Treppen an den Seiten und den Blick aus den Fenstern ganz oben habe ich noch ganz klar vor mir.

Der beeindruckende Pfarrherr damals hieß Ludwig S. und war von 1956 bis 1971 Pfarrer in Haag. Sein Nachfolger Georg G. war jung und charismatisch, ist aber leider nach drei Jahren beim Klettern am Matterhorn tödlich abgestürzt. Da meine Eltern mit mir am Sonntag ausnahmslos die heilige Messe besuchten, habe ich doch einige Stunden in der nicht immer gemütlichen Pfarrkirche verbracht.

In München war es damals noch üblich, dass mit Blick zum Altar linkerhand die Frauen und rechterhand die Männer saßen. In Haag kann ich mich an eine solche Regel nicht mehr erinnern, es wird sie aber irgendwie schon gegeben haben. Die Männer jedenfalls, so auch mein Vater, standen während der Messe immer hinten, nahe dem Hauptausgang und der Verdacht, dass sie spätestens bei der Kommunion das Weite (bzw. das nahe gelegene Wirtshaus auf-) suchten, konnte nie ganz ausgeräumt werden. Meine Mutter und ich saßen hinter den einheimischen Kindern etwa in der sechsten bis achten Reihe auf der rechten Seite. Der Zugang zu den Bänken war nur über den Mittelgang möglich und kurz vor Beginn der Messe bot sich immer das gleiche Bild: Gewisse ältere Damen (das waren in meiner Wahrnehmung natürlich beinahe alle) kamen durch den Mittelgang nach vorne, suchten sich eine (wie alle anderen zu diesem Zeitpunkt bereits volle) Reihe aus und machten durch einen Kniefall davor den darin Sitzenden eindeutig klar, dass diese sich nochmals zusammenquetschen mussten, da sie selbst ein undiskutierbares Recht besaßen, in dieser Reihe Platz zu finden. Nicht selten ist dabei mein lang vorher gesicherter Sitzplatz dem Allgemeinwohl zum Opfer gefallen.

Einer der interessantesten, aber gleichzeitig auch langweiligsten Feiertage war Allerheiligen. An diesem Tag wurde und wird in der katholischen Kirche aller Heiligen, aber auch aller verstorbenen Seelen gedacht, da das direkt darauffolgende Allerseelen kein gesetzlicher Feiertag ist. Dieses Gedenken geschah in zwei Teilen: Im ersten gab es eine Andacht, die dem Inhalt gemäß eine eher traurig-nachdenkliche, für mich als Kind also stinklangweilige Stimmung als Grundtenor aufwies, aber mit einem Highlight, der Verlesung der Verstorbenen des letzten Jahres, aufwarten konnte.

Warum das für mich als Kind so interessant war, weiß ich gar nicht mehr, aber ich weiß, dass es so war. Im Anschluss daran gabs eine kurze Prozession zum Friedhof, wo dann ganz Haag versammelt war und das Gedenken an die Verstorbenen mit Musik und Gebeten sowie einem abschließendem Weihwasser-Verspritz-Rundgang von Pfarrer und Ministranten begangen wurde. Vielleicht hatten meine Eltern ja wirklich Zeit und Muße, an meinen verstorbenen Großvater und andere Verwandte zu denken, ich persönlich musste mich auf andere wichtige Dinge konzentrieren. Wann kam endlich (traditionell als letzte) die immer chronische Griesgrämigkeit ausstrahlende Frau B., die ihren Namen bereits (ohne Sterbedatum) auf dem Familiengrab neben uns hatte eingravieren lassen und bedachte auch unser Grab mit einem frommen Gruß und einem Spritzer Weihwasser? Und vor allem, wann kam die kleine Prozession endlich bei uns vorbei und bespritzte unser Grab? Dass sie an unserem Grab vorbeikam, war sicher, da direkt nebenan die Grabstätte der Englischen Fräulein vom benachbarten Kloster war, vor deren Gräber ein Halt mit ausgiebiger Segnung obligat war.

Später, als meine Großmutter nicht mehr lebte, sind die Haagbesuche unserer Familie auf diesen einen Termin am Haager Friedhof zusammengeschrumpft. Auf den ausdrücklichen Wunsch meiner Großmutter und mit der sicher freudigen Zustimmung meiner Mutter wurde das Grab nach der kürzest möglichen Zeit aufgelöst und ist aufgrund der „extremen Randlage" (es war das zugigste und hässlichste Eck im entlegensten Winkel des ganzen Friedhofs) nie wieder als neues Grab bereitgestellt worden.

Was wäre eine Beschreibung des Lebens in Haag ohne die Erwähnung des Marktes. Ein paar Mal im Jahr fand dieser auf dem Marktplatz statt und war immer ein besuchenswertes Ereignis. Früher und vielleicht auch noch teilweise in meiner Kindheit bot der Markt den Bauern und Landbewohnern der Umgebung die Möglichkeit, den Sonntag zu nutzen, um besondere Lebensmittel, aber auch Kleidung, Wäsche und Küchenutensilien sowie Werk- und Spielzeug zu erwerben. Diesen Charakter hat sich der Haager Markt zumindest bis Ende des 20. Jahrhunderts erhalten.

Für uns Kinder und angehende Jugendliche bot der Markt außer dem ausgiebigen Bestaunen der vielfältigen Angebote im Süß- und Spielwarenbereich auch die Möglichkeit, die eine oder andere Mark des behüteten Taschengeldes ohne direktes Mitreden eines Erziehungsberechtigten auszugeben. Wenn ich mein inneres Bilderbuch aufschlage, leuchten mir zwei Seiten besonders entgegen: Zum einen der Augenblick, als bei der Öffnung der obli-

gaten Rotkreuz-Lose einmal das dauerhafte „Wir danken"
der Nieten durch ein schlichtes „München" ersetzt war und
ich wenig später freudestrahlend einen überdimensionalen
weißen Plüschhund als Hauptgewinn mit nach Haus nehmen durfte. Zum anderen die entsetzten Gesichter von
Mutter und Großmutter, als ich ihnen stolz meinen gerade
erworbenen Schatz, einen Plastik-Stahlhelm, präsentierte.
Irgendwie ist es in einer konzertierten Aktion gelungen, das
Teil wieder umzutauschen und den kleinen Herbert trotzdem glücklich zu machen, aber das Ausmaß meines Fehl-
trittes in den Augen meiner Familienangehörigen ist mir
erst sehr viel später klar geworden.

Ein Ereignis am Rande muss noch erwähnt werden. In
der Gaststätte Hofgarten neben dem Schlossturm gab es
eine Märchenaufführung, Hänsel und Gretel, aber nicht mit
Puppen, sondern mit „echten" Kindern. In meiner Erinnerung war ich etwa 8 – 10 Jahre alt und besuchte die Veran-
staltung ohne Anhang, sozusagen auf mich allein gestellt.
Wie auch in anderen Fällen, gibt es in meiner Erinnerung
nur ein paar wenige Bilder und in diesem Fall sogar ein
Gefühl, denn es war ein für Kinder eher seltenes Gefühl:
Ich war verliebt. Verliebt in das bezaubernde Mädchen, das
die Gretel spielte. Und als dieses einmalige Geschöpf am
Ende der Vorstellung zu den Zuschauern kam, um noch ein
kleines Trinkgeld zu erbitten, gab ich großzügig. So großzügig jedenfalls, dass ich mich genötigt sah, es zu Hause
meiner Mutter zu beichten. Deren Kommentar und alles
Drumherum habe ich vergessen, aber das Bild der „Ange-
beteten", als sie mit der Trinkgeldbox zu mir kam und mein
schüchternes Kinderherz in ein bis dato nie da gewesenes
Gefühlsmeer tauchte, werde ich niemals vergessen.

Über den Brenner

Die Fahrt mit der Bahn war für mich eigentlich kein Abenteuer, wir fuhren ja nahezu jedes Wochenende mit dem Zug in den bayrischen Süden zum →Baden, Wandern, Schwammerlsuchen oder →Bergsteigen. Dennoch gab es Augenblicke, an die ich mich besonders gerne erinnere, denn neben den höhepunktarmen Fahrten nach Gauting, Mühltal oder Bernried gab es ja auch noch die Urlaubsfahrten. Diese führten fast ausschließlich nach Italien und eine Fahrt über den Brenner war allemal ein besonderes Erlebnis.

Am Anfang jeder größeren Bahnfahrt stand die Proviantbeschaffung. Denn was ist eine Zugfahrt ohne Proviant. Der „Priovant", wie er vom kleinen Herbert lange Zeit bezeichnet wurde, bestand wie gewöhnlich aus Getränken und belegten Broten, aber mein Interesse galt vor allem dem süßen Anteil der Reisebrotzeit. Bevorzugtes Element dabei waren die sogenannten Schokolinsen, die es auch heute noch unverändert gibt und die ich nach wie vor sehr schätze.

Großraumwägen waren damals bei Schnellzügen noch unüblich, der „D-Zug-Wagen", wie er hieß, besaß ausschließlich Abteile. In diesen Abteilwägen atmete man von Anfang an das Flair der weiten Welt und wenn der Alpenexpress mit seinen 14 Wägen von Gleis 11 im Hauptbahnhof abfuhr, hatte das etwas Erhabenes, ja es schürte und befriedigte das kindliche Fernweh gleichermaßen. Die Stationen Rosenheim, Wörgl, Jenbach und Innsbruck waren fest auf meiner inneren Eisenbahn-Erlebniskarte vermerkt und die Grenzbahnhöfe Kufstein und Brenner lieferten noch zusätzliche Höhepunkte. Zoll- und Grenzbeamte mit fremden Uniformen stiegen zu, die Ausweise wurden kontrolliert, die D-Mark galt nicht mehr, kurz, man war in einer anderen Welt. Aufgrund der Grenzkontrollen hatte der Zug an diesen Bahnhöfen jeweils einen etwas längeren Aufenthalt und ich konnte an meinem Lieblingsplatz am offenen Fenster dem Treiben auf dem Bahnsteig zusehen. Damals konnten alle Fenster eines Zuges geöffnet werden, was natürlich während der Fahrt – vom Vater – strengstens verboten war. Im Bahnhof aber gab es kein Halten. Entweder brachte das eigene Abteilfenster schon den Blick auf den Bahnsteig oder der Aussichtsplatz musste zum Gangfenster verlegt werden. Auf alle Fälle genoss man jede Minute des Aufenthaltes und das Fenster wurde erst nach der Abfahrt, und dann auch nur langsam und zögerlich, meist erst auf Druck durch die väterliche Stimme geschlossen.

Wenn also die interessanten Aufenthalte in Kufstein und Innsbruck hinter uns lagen, ging es den Brenner hinauf. Der Höhepunkt der beeindruckenden Fahrt durch das Wipptal mit seiner alles beherrschenden Europabrücke war der Ort St. Jodok kurz vor Erreichen der Passhöhe. Die Bahnstrecke macht dort – damals wie heute – eine Haarnadelkurve im Tunnel, sodass man zwei Mal die gegenüberliegende Talseite mit der Eisenbahntrasse erspähen kann.

Kurz nach diesem Erlebnis fuhr der Zug im Bahnhof Brenner ein und damit endgültig in eine andere Welt. Dreissig Minuten stand der Zug dort, ohne dass sich für den aus dem Fenster blickenden Reisenden der Grund dafür aufgetan hätte. Gewiss, das gänzlich andere Stromsystem der italienischen Bahn erforderte einen Lokwechsel, aber trotzdem schien der Zug mehr als zwanzig Minuten einfach nur dazustehen, während viele wichtig aussehende Uniformierte lautstark in fremder Sprache diskutierend hin- und herrannten.

Als unser Zug dann endlich die Immigrationshürde überwunden hatte, begann er, sich bei zunehmenden Tempera-
turen dem jeweiligen Urlaubsziel zu nähern. Während die
Bahnhöfe Sterzing und Franzensfeste noch in höheren Re-
gionen lagen, waren Brixen, Klausen und endlich Bozen
schon deutlich vom italienischen Flair gekennzeichnet. Die
heiße Luft über den Gleisen flimmerte in der Sonne und
endlose Diskussionen von Reisenden und Gepäckwagen-
personal sorgten regelmäßig für deutliche Verspätungen.

Einmal fuhren wir nach Venedig, ein paar Mal nach Rovereto (→Malcesine), aber die meisten Fahrten waren in
Bozen oder Klausen zu Ende. Was dann folgte, waren
meist schöne Tage in den Bergen oder am Gardasee, aber
die Fahrt selbst hat immer einen wichtigen Beitrag zum Ge-
samtwert des Urlaubs geleistet.

Bergsteigen

Das Bergsteigen hat in unserer Familie immer eine sehr
wichtige Rolle gespielt. Da wir in Neuhausen weder Balkon noch Garten unser Eigen nennen konnten, wurde das
Wochenende, wenn möglich, im südlichen Umland Münchens verbracht. Außer den Wandergebieten um Starnberg,
Herrsching und Grafrath standen die bayrischen Voralpen
dabei immer ganz vorne auf der Liste. An die einzelnen
Touren kann ich mich nur sehr dunkel erinnern, aber in einem Büchlein meiner Mutter ist alles recht ordentlich do-
kumentiert.

Woran ich mich aber noch gut erinnere, sind die mehrtä-
gigen Hüttentouren. Meine Eltern haben diese zeitlebens

mit Begeisterung durchgeführt und ab dem Schulalter durfte ich mit von der Partie sein. Diese Touren gingen größtenteils in die Dolomiten oder auf den Alpenhauptkamm, wobei wir – ein Auto besaßen wir zu keiner Zeit – alle Ziele grundsätzlich mit der Bahn anfuhren. Im Bedarfsfall gab es dann, z.B. von Bozen aus, auch eine Busverbindung, um ans Ziel zu gelangen. Auf manchen Touren wurden wir begleitet von Familie H. aus Oberbiberg bei Deisenhofen. Emil H. war ein Studienkollege meines Vaters gewesen und hatte sich – statt für die Beamtenlaufbahn – für eine selbstständige Vertretung einer Aufzugsfirma entschieden. Die H.s hatten einen Sohn, Wolfgang, in meinem Alter, was für mich immer eine tolle Unterhaltung war. Waren die H.s mit dabei, so holten sie uns stets am Zielbahnhof wie Bozen, Klausen oder St. Anton ab. Wir pferchten uns dann samt Gepäck in ihr Auto und fuhren gemeinsam an den Startpunkt unserer Tour.

Meine erste Tour ging von Gries am Brenner hinauf ins Tribulaun, wo wir einige Tage auf der Tribulaunhütte verbrachten. Ein andermal fuhren wir von St.Ulrich auf die Seiser Alm und wanderten weiter ins Puez-Gebiet. Eine weitere Tour ging von Bozen auf den Ritten, wobei wir mit der alten Zahnradbahn ab Bozen fuhren, die bald darauf durch eine Seilbahn ersetzt wurde. Vom Ritten aus wanderten wir über das Latzfonser Kreuzhaus zur Radlseehütte und hinunter nach Brixen.

Eine besondere Erinnerung habe ich an die Lechtaler Alpen. Von St.Anton ging es mit dem Auto nach Zürs und von dort mit dem Sessellift, den meine Mutter immer besonders liebte, nach oben. Von der Bergstation gingen wir zur Ravensburger und anderntags weiter zur Freiburger Hütte. Neben dieser gab es einen wunderbaren See und wir verbrachten dort mehrere Tage. Aber nicht nur der See erregte meine Aufmerksamkeit, sondern ein etwa gleichaltriges Mädchen namens Barbara S. aus Berlin, die mich um mindestens eine Kopfhöhe überragte. Irgendwie scheine ich mich jedoch mit ihr angefreundet zu haben, denn in meiner Briefsammlung liegen heute noch drei oder vier Briefe, die diese kurze Freundschaft belegen.

In späteren Jahren ist die Beziehung meiner Eltern zur Familie H. abgeflaut und es gab andere Begleiter wie Fritz und Ernie (eine Freundin meiner Mutter aus Vorkriegszeiten), mit denen meine Eltern lange Zeit sehr viel unternahmen. Und es gab das Frl. S., eine Arbeitskollegin meines Vaters, über deren Beziehung zu meinem Vater niemals volle Klarheit herrschte, die sich aber immerhin soweit mit meiner Mutter anfreundete oder vielleicht arrangierte, dass sie uns auf etlichen Bergtouren, z.B. in der Pala-Gruppe oder auf den Furgler am Beginn des Engadins, begleitete.

Malcesine

Der vielleicht einzige wirkliche Freund meines Vaters war Otto P. Mein Vater war ja von Haus aus der Meinung, nahezu alle anderen Menschen wären nicht „auf Zack" und so konnte ihm kaum einer das Wasser reichen. Da war natürlich keine Basis für eine richtige Freundschaft vorhanden.

Ein typisches Beispiel dafür war Franz S., den mein Vater im Polytechnikum oder vielleicht auch im Krieg kennengelernt hatte. Er ist meinem Vater bis zu dessen Tod treu geblieben, war ein ganz lieber Kerl, aber in den Augen meines Vaters doch immer einer, dem man sagen musste, was er zu tun hat.

Ganz anders bei Otto. Otto war hochintelligent, hatte im Gegensatz zu meinem Vater die Hochschule besucht (meinem Vater war es wegen Krieg und Familie nur möglich gewesen, das Polytechnikum zu absolvieren) und hatte einen hochkarätigen Direktoren-Job in der Tabakfirma Reemtsma/Haus Neuerburg. Ihn hat mein Vater voll akzeptiert und Otto war klug genug, meinen manchmal etwas schwierigen Vater so zu nehmen wie er ist. Sein früher Tod mit 60 Jahren hat meinen Vater schwer getroffen, aber Ottos zweite Frau (die erste war jung gestorben) Martha hatte sich mit meiner Mutter angefreundet und der Kontakt blieb auch über den Tod meiner Eltern hinaus erhalten. Martha war ca. 15 Jahre jünger als Otto, hat sich sehr für das Klavierspiel meines Sohnes Andreas interessiert und ist im Jahr 2017 mit 82 Jahren doch einigermaßen überraschend gestorben.

Neben einem wunderschönen Bungalow in München-Solln besaßen Otto und Martha auch ein Haus in Malcesine am Ostufer des Gardasees. Da es sinnvoll war, das Haus auch in der von ihnen nicht genutzten Zeit ab und an zu bewohnen, durften auch Freunde und Bekannte in diesen Genuss kommen. So geschah es, dass meine Eltern in den Siebzigerjahren einige Urlaube am Gardasee verbrachten. Da man dort ohne Auto ziemlich eingeschränkt war und das Haus genügend Schlafmöglichkeiten hatte, wurden immer wieder Freunde meiner Eltern miteingeladen. Neben den H.s waren es u.a. Fritz und Ernie und Marga mit Ehemann Vitus, eine Freundin aus Neuhausen.

Die Anreise unsererseits erfolgte prinzipiell mit der Bahn, auch wenn in dem einen oder anderen Auto noch Platz von München weg gewesen wäre. Für mich als Kind war die Reise →über den Brenner immer ein besonderes

Erlebnis. Über Bozen ging es nach Rovereto, von wo aus ein Bus die kurvenreiche Strecke nach Malcesine absolvierte. In Malcesine lag unser Ziel natürlich nicht an der Hauptstraße, sondern in einiger Höhe am Hang. So hieß es also, Koffer und Rucksäcke über den Friedhof hinauf zum Ferienhaus zu tragen. Da das Urlaubsprinzip zu großen Teilen auf Selbstversorgung basierte, gabs kurz darauf eine zweite Expedition zur Beschaffung von Ess- und Trinkwaren.

Die Tage am Gardasee verbrachten wir entweder mit Touren hinauf auf den Berg, den Monte Baldo, der durch eine große Seilbahn von Malcesine aus zu erreichen war oder mit Baden. Zum Baden fuhren wir mit dem Auto am See entlang, wo es nach ca. 5 - 8 km wunderbar einsame Felsnischen unterhalb der Straße gab. Gegenüber stand ein halb fertiges Haus, das diesen Zustand nach alter italienischer Tradition über Jahre hinweg konstant hielt und bei dem man immer sauber parken konnte. Das Wasser war glasklar und blau und das Ufer steinig, aber Badeschuhe mussten sowieso getragen werden, da es unter den großen Steinen kleine Vipern gab, die einem manchmal beim Schwimmen, das Köpfchen zur Orientierung ein klein wenig aus dem Wasser hebend, entgegenkamen. Das war schon ein kleiner Wermutstropfen, aber im Endeffekt waren die Schlangen scheuer und ängstlicher als wir und außer ein paar Schrecksekunden gab es nie wirklich ernsthafte Probleme.

Im Gymnasium

Meine beiden Onkel, die ich leider nicht kennenlernen durfte, da sie im Krieg gefallen waren, hatten schon das Wittelsbacher Gymnasium besucht und mein Bruder hatte dort gerade sein Abitur gemacht, als ich die 4. Grundschulklasse absolvierte. Irgendwie war es klar, dass auch ich dorthin gehen würde, an irgendwelche Zweifel daran oder Gegenstimmen kann ich mich jedenfalls nicht erinnern. So trat ich im Frühsommer 1966 zur Aufnahmeprüfung an und war ein paar Monate später Gymnasiast in der 5b.

Über die Schulzeit selbst gäbe es viel oder auch wenig zu sagen. Insgesamt wird sich meine schulische Laufbahn nicht viel von der vieler anderer unterschieden haben. Und auch wenn es sich für den Leser vielleicht eher als „Rache des kleinen Mannes" darstellt, so kann ich aus meiner Erinnerung doch den Eindruck nicht löschen, dass der Lehrkörper zu einem auffällig hohen Anteil aus Sadisten bestand, die es sich mit einer fast bewundernswerten Ausdauer vorgenommen hatten, die schwächsten Schüler der Klasse systematisch fertigzumachen. Dass dies häufig erfolgreich war, können die alten Jahresberichte verdeutlichen, die die Fluktuation der Schüler über die Klassenstufen hinweg eindrücklich belegen.

Ich selbst bin stets im gehobenen Mittelfeld mitgeschwommen und dadurch den Fängen dieser Spezialpädagogen entgangen. Da ich mich in den Fächern Mathematik (dank genetischer Vorbelastung) und Latein (dank den unermüdlichen Abfragestunden meiner Mutter) einigermaßen leichttat, konnte ich mich mit meiner an Faulheit grenzenden Lernunlust voll auf Fächer wie Erdkunde, Biologie, später Geschichte und Chemie konzentrieren. Ein Minimum an Aufwand für einen durchschnittlichen Erfolg einzusetzen, war – zumindest für mich, weniger für meine Eltern - im wahrsten Wort- und Notensinne immer befriedigend oder zumindest ausreichend.

Mein absolutes "Lieblingsfach" aber war über all die Jahre hinweg Deutsch. Nachdem schon in der Grundschule die LehrerInnen meine oft schwer lesbaren Kunstwerke nur mit einer mittelmäßigen Zensur bewertet hatten, konnte ich auch im Gymnasium die Kurve meiner Deutschnoten ohne Probleme über all die Jahre hinweg konstant niedrig halten.

Schon bei den Erlebniserzählungen der Anfangsklassen fingen die Probleme an. Mir fiel einfach nichts ein! Während um mich herum alle schrieben und schrieben, saß ich vor meinem Blatt und hoffte auf Eingebungen. Dieser Zustand hat sich auch im Lauf der Jahre kaum geändert, geschweige denn verbessert. Auf die Erlebniserzählungen folgten die Schilderungen, am Ende kamen die Erörterungen und die Literaturanalysen. Einen kleinen Lichtblick bildeten die Protokolle und die Gedichtinterpretationen, aber auch denen gelang es nicht, die Kontinuität der durchwegs nicht mehr als ausreichenden Benotungen zu durchbrechen. Erst bei der Abiturprüfung gelang mir mit einer „3" der Coup, die Deutschnote im Abiturzeugnis auf eben diese Note zu heben und damit viele Tief- und Rückschläge vergessen zu machen.

Völkerball

Wie lenkt man die junge Kraft und den endlosen Bewegungsdrang von 10-jährigen Gymnasiasten, wenn sie endlich einmal nicht ruhig in der Schulbank sitzen müssen? Da gibt es natürlich die Leichtathletik, bei der man neben schnellem Lauf auch den oft fruchtlosen Versuch unternimmt, möglichst weit in einen Sandkasten hinein zu springen, ohne vorher ein schmales Brettchen zu übertreten. Und es gibt das Geräteturnen, bei dem man sich als eher klein gewachsener Knabe einer Reihe von nahezu unüberwindlichen Hindernissen gegenübersieht, die allesamt ein mehr oder weniger großes Unbehagen erzeugen. Aber all diese Beschäftigungen sind in den Augen der meisten „Sextaner" völlig sinnfrei, ja man kann beim besten Willen keinen wirklichen Zweck darin erkennen, in den Sand zu springen oder sich zu dem lästigen hohen Reck hinaufzuziehen.

Ganz anders verhält es sich mit den Ballsportarten! Mit dem Ball in der Hand oder am Fuß gewinnt das Leben fast eine neue Dimension. Der Lustgewinn, wenn der Ball – egal in welcher Sportart - das gewünschte Ziel erreicht, ist mit Worten nicht zu beschreiben und verleiht dem Akteur ein ganz besonderes Erfolgserlebnis.

Natürlich gilt diese Meinung nicht für alle. Immer gibt es ein paar „Langhaxige", die im Hoch- und Weitsprung ihre Erfüllung finden, immer gibt es ein paar Superathleten, für die 20 Klimmzüge zur täglichen Dosis Rauschmittel gehören. Aber diese Meinung gilt für die meisten angehenden Teenager – und galt ganz bestimmt für mich. Ballgefühl hatte ich schon immer, aber das Reck und vor allem das Pferd und der Kasten waren für mich seit jeher Folterinstrumente der subtilsten Art. Die Turnstunde begann für mich stets am hintersten Ende der Aufstellung, die – aus ästhetischen Gründen? – immer nach Größe erfolgte. Stand dann Geräteturnen auf der Tagesordnung, blieb diese „Startreihenfolge" die ganze Stunde lang gültig. Wie sehr sich Lehrer und unterstützende Mitschüler auch mühten, die Technik des Feldumschwungs blieb mir zeitlebens ein Geheimnis.

Wer konnte es unter diesen Umständen den Turnlehrern verdenken, wenn sie nach einigen anstrengenden Stunden am Gerät einfach einen Ball in die Menge warfen und die Jungen sich mehr oder weniger selbst überließen?

Die Wahl der Ballsportart hing dabei auch von der jeweiligen Altersstufe ab. Fußball ist für alle Buben immer der oberste Wunsch, aber das Chaos, das Sekunden nach dem Anpfiff dadurch entsteht, dass alle Feldspieler in Richtung Ball laufen, um selbst Anteil am Geschehen zu nehmen, dieses Chaos beleidigt das natürliche Ordnungs- und Strukturempfinden jeden Lehrers. Höchstwahrscheinlich war das auch der Zeitpunkt, an dem das Völkerballspiel erfunden wurde.

Hier genügt es, die Klasse in zwei Hälften zu teilen und jede davon in ein – in Turnhallen irgendwie immer – aufgezeichnetes Spielfeld zu stecken. Jede Mannschaft schickt dann noch einen vertrauenswürdigen Kameraden hinter den „Feind" ins sog. Außenfeld und schon kann es losgehen. Die Regeln sind einfach. Die Gegenspieler müssen mit dem Ball abgeworfen werden, wer abgeworfen wurde, muss ins Außenfeld. Wenn keine Spieler mehr im Feld sind, ist das Spiel zu Ende. Wird der Ball gefangen oder bleibt nach einem Abwurf im gegnerischen Feld liegen, wechselt der Ballbesitz.

Wegen fehlender Muskelkraft und mangelnder Größe war ich als Werfer im Angriff nicht zu gebrauchen, aber als Fänger sorgte ich für manche Überraschung. Die größte Überraschung aber gelang uns als „grüne" Klasse 5b, als wir das Turnier der 5. und 6. Klassen gewannen. Diesen

Erfolg konnten wir als 6b zwar wiederholen, aber das war schon nicht mehr so spektakulär.

Ab der 7. Klasse verlor Völkerball dann sehr schnell an Popularität und konnte gegen den allmächtigen Fußball nicht mehr mithalten.

Volleyball

Wer meine Körpergröße in Betracht zieht, dem wird schwerlich Volleyball als geeignete Sportart für mich einfallen. Und doch war ich kurz davor, in der Volleyball-Bundesliga mitzuspielen. Zumindest theoretisch. Und das kam so: Aus einem mir nicht bekannten Grund rekrutierte der TSV 1860, mein Lieblingsverein, seine Volleyball-Jugend unter anderem im Wittelsbacher Gymnasium. So kam es, dass in der Turnhalle unseres Gymnasiums jede Woche ein Volleyball-Training im Namen des Vereins stattfand. Der Name des Vereins, die hübsche junge Trainerin, aber natürlich vor allem die Liebe zum Ballsport veranlassten mich in kürzester Zeit, einen richtigen Vereinsausweis zu besitzen und wöchentlich im Training zu erscheinen. Am Wochenende gings dann ab und zu in die Rudi-Sedlmayr-Halle (heute Audi-Dome), um den „richtigen" Spielern zuzuschauen, die unter ihrem Trainer Moculesco zu einem kleinen Prozentsatz aus „echten" Wittelsbachern bestanden.

Irgendwann scheine ich dann die Prioritäten geändert und auch meinen Ausweis zurückgegeben zu haben. Vielleicht wurde ich auch bei einer ganz normalen Größenkontrolle aussortiert.

Tennis

Wie meine Liebe zum Tennis entstanden ist, weiß ich nicht mehr so recht. Auf jeden Fall war es ein ganz großer Boom in meiner Jugendzeit und einer meiner Schulkameraden im Gymnasium, Christian R. oder Grischan, wie wir in nannten, war mittendrin. Sein Vater war Kunstmaler, seine Eltern besaßen eine Villa in der Prinzenstraße, außerdem noch ein paar Mietshäuser und ein Segelboot in Griechenland, das regelmäßig bewegt werden musste. Was lag da näher, als während der ferienfreien Zeit in München dem schon leicht elitären Tennissport zu frönen. Für mich war es okay, denn durch Christian bin ich zum Tennis gekommen. Regelmäßig hat er mir auf den Plätzen des Dante-Tennis Ecke Dachauer-/Postillonstraße die Grundzüge des Spiels beigebracht und ich scheine mich dabei zumindest nicht allzu dämlich angestellt zu haben. Jedenfalls hat es nicht lange gedauert, da habe ich im Schneeballsystem andere Freunde für den weißen Sport begeistert. Speziell mit meinem Ur-Freund Wolfgang hab ich so manches heiße Match, zuerst auf dem roten Sandplatz und danach auf der angrenzenden Minigolfanlage ausgefochten.

Später zählten zu meinen Spielpartnern u.a. meine Freundin Lisa und noch später der Angelusmitsänger Klaus E. Vom Dante-Tennis habe ich irgendwann zur Tennisanlage Lermer am Scheidplatz gewechselt, in der ich wohl unzählige Spezis nach vollbrachter Tat vernichtet habe. Mit Wolfgang hab ich in München bis zuletzt gespielt und unser effektives Training hat sicher dazu beigetragen, dass er danach noch eine erfolgreiche AH-Karriere beim TSV-Eiselfing hinlegen konnte.

Olympische Spiele 1972

Die Olympischen Spiele 1972 in München haben ihre Schatten lange vorausgeworfen. Über Jahre hinweg herrschte in der Stadt rege Bautätigkeit und das damit verbundene Verkehrschaos. Das Oberwiesenfeld, auf dem ich als Kind leidenschaftlich meine kleinen Modellflieger hatte fliegen lassen, wurde zu einer gigantischen Olympia-Landschaft umgewandelt und die Hälfte der Innenstadt war Baustelle, um München mit U- und S-Bahn auszustatten. Für meinen Vater war die Planung des S-Bahn-Betriebswerkes Steinhausen und der damit verbundenen Lokführerbeschaffung eines der wichtigsten Projekte seiner gesamten Dienstzeit und so war ich als Familienmitglied immer hautnah dabei, was den aktuellen Status der Bauarbeiten anbelangte. Als zu dieser Zeit im Gymnasium bei mir das Thema „Referat mit selbst gewähltem Thema" auf der Agenda stand, überlegte ich nicht lange und erklärte - mit entsprechenden Plänen meines Vaters bestens ausgestattet - meinen mehr oder weniger desinteressierten Mitschülern die genauen Strecken, Linien und Wagentypen des neuen Verkehrsmittels.

Die Olympischen Spiele selbst hatten zwei Gesichter. Zum einen war da die unglaubliche Fröhlichkeit, die überall in der Stadt zu spüren war und die ich auch heute noch zu spüren glaube, wenn ich die Piktogramme auf den hellblauen Schildern aus dieser Zeit sehe.

Zum anderen war da natürlich dieser schreckliche Terroranschlag, der München in eine Schockstarre versetzte und verhinderte, dass München als die Stadt der fröhlichen Olympiade in der Erinnerung der Menschen blieb.

Daneben gab es auch noch die sportlichen Höhepunkte.

Angestachelt durch das Münchner Olympiafieber gelang es einer überdurchschnittlichen Zahl an deutschen Sportlern, etwas aus dem Schatten des übermächtigen Ost-Konkurrenten herauszutreten und eine ordentliche Anzahl an Medaillen zu erringen. Auch wenn man das Attentat nicht aus den Geschichtsbüchern ausradieren kann, die sportlichen Erfolge und die Erinnerung an die Fröhlichkeit sind geblieben ebenso wie die positive Atmosphäre des Olympiageländes und die unzähligen schönen Sportstätten, die nach wie vor von der Stadt und ihren Bewohnern genutzt werden können.

Das Schild

Die regelmäßigen Proben der →Domsingknaben fanden im damaligen Pfarrsaal statt. Er war im 1. Stock des westlichen Anbaus der Theresienkirche untergebracht und über eine kleine Treppe erreichbar, die man über den Seiteneingang an der Landshuter Allee betreten konnte. Dort war aus diesem Grund auch ein glänzendes Messingschild angebracht, das mit „Domsingknaben – Unterricht 1.Stock" den Weg wies. In den Siebzigerjahren ging es mit den Domsingknaben zu Ende, nicht aber mit dem Schild. Es hing weiterhin an der Wand neben dem Eingang, ohne der veränderten Situation Rechnung zu tragen. Jedes Mal, wenn mich mein Weg an der Kirche vorbeiführte, musste ich mir eingestehen, dass sich nichts geändert hatte und wohl auch nicht tun würde, und das tat mir jedes Mal ein bisschen mehr leid.

Eine Idee kam auf und, wie es so ist, mit jeder Schild-Sichtung wurde der zum Plan gewordene Gedanke konkreter und damit wahrscheinlicher. In einer Nacht- und Nebelaktion schlich ich, mit einer Zange und einem Schraubenzieher bewaffnet, zur Kirche und begann, das Schild abzuschrauben. Die Aktion verlief zunächst reibungslos, aber zu meinem Entsetzen musste ich feststellen, dass die Mauer darunter noch die Vorgängerfarbe aufwies. Die Maler hatten der Kirche einige Jahre zuvor den heute noch vorhandenen grünen Anstrich verpasst und dabei – kaum zu glauben – einfach um das Schild herumgemalt, statt es abzuschrauben. Es blieb mir also nichts anderes übrig, als das Schild zu wenden und es mit der leeren Seite nach außen wieder an der Wand zu befestigen.

Eine Reaktion irgendwelcher Art auf meine Tat erfolgte nicht. Die Wochen und Monate vergingen und irgendwann kam ich auf den Gedanken, das nunmehr aussagelose Schild durch ein anderes ebenso aussageloses zu ersetzen und das ursprüngliche als Erinnerungsstück zu behalten. Ich konnte sogar meinen Vater für diese Aktion gewinnen und so zogen wir eines Nachts los und tauschten das Originalschild gegen ein nach genauer Messung vorbereitetes handgefertigtes neues aus. Dass das neue im Gegensatz zum alten komplett aus Messing war, außerdem doppelt so schwer und daher mit deutlich höherem Materialwert, hat meinen Geldbeutel, nicht aber mein Gewissen belastet.

Heute hängt das – von den Jahren gezeichnete – Schild an meinem Bücherschrank, das neue Schild an der Kirchenwand musste irgendwann dann doch einem aussagekräftigeren weichen, das jetzt interessierte Besucher auf die aktuellen Funktionen des Seiteneingangs aufmerksam macht.

Über den Teich

Nachdem die Schwester meiner Mutter, die Tante Liesl, einige Jahre in Deutschland verbracht hatte (→Onkel und Tanten), musste die Familie 1969 wieder in die USA zurück. Meine Großmutter war gerade 80 Jahre alt geworden und der Abschied war schwer. Die ungewisse Aussicht auf ein Wiedersehen hat bald darauf zu dem Plan geführt, unsererseits einen Besuch in den USA zu machen. Wer die dabei eingesetzte Quotenstrategie ins Leben gerufen hat, bleibt unbekannt, jedenfalls wurden als Reiseteilnehmer schnell eine Person je Generation vereinbart: Meine Großmutter, meine Mutter und ich.

In den Osterferien 1971 war es dann so weit. Aus irgendwelchen Gründen war die Flugstrecke Stuttgart – Frankfurt – New York die günstigste und so wurde zuerst mit dem Zug nach Stuttgart gefahren. Ein paar Stunden später standen wir in Frankfurt am Gate und bestaunten den eisernen Vogel mit der Bezeichnung 747, der uns über den Atlantik tragen sollte. Der Jumbo-Jet war ein absoluter Neuling in der Lufthansaflotte und keiner von uns dreien war vor diesem Tag überhaupt in einem Flugzeug gesessen. Der Flug dauerte 8 Stunden, aber die Zeit war nur um 2 Stunden nach vorne gesprungen und der Tag war noch lange nicht zu Ende. Am JFK-Flughafen erwartete uns zuerst eine fast zweistündige Immigration-Prozedur und dann Tante Liesl und Onkel Wayne, die uns mit dem Auto in ihren Wohnort fuhren.

Bei diesem handelte es sich damals um Plattsburgh, einer Kleinstadt an der Nordgrenze des Staates New York, was eine Fahrt von über 500 km erforderte. Gegen Mitternacht erreichten wir unseren Zielort, meine Mutter und ich waren mehr als erschöpft, wogegen meine Großmutter ein unerwartetes Durchhaltevermögen aufwies.

Die nächsten 14 Tage vergingen mit Fahrten in die nähere und weitere Umgebung, die weiteste war eine Busreise nach Montreal und Quebec, auch ein Ausflug ins Land des Ahornsirups nach Vermont durfte nicht fehlen. Auf der Rückfahrt zum Flughafen übernachteten wir in New York, um die Stadt zu besichtigen und um dann noch Waynes Tante Goldie zu besuchen. Die prächtige Hammondorgel ihres Sohnes und natürlich das gewaltige Empire State Building waren neben dem faszinierenden Flug die stärksten und nachhaltigsten Eindrücke, die ich aus der neuen Welt mitgenommen habe.

Radfahren in der Stadt

Mein Vater ist zeit seines Lebens mit dem Rad in die Arbeit gefahren. Meine Mutter ist vor dem Krieg immer Rad gefahren, ich selbst habe sie allerdings nur in Haag auf dem Fahrrad erlebt. Für mich haben meine Eltern erst relativ spät ein Rad in Größe 24 gekauft und mir damit im Alter von dreizehn Jahren erlaubt, in die Schule zu fahren.

Natürlich habe ich meine mobile Karriere wie alle anderen Kinder auf dem Dreirad begonnen und mit einem Holzroller weitergeführt. Nachdem der hartnäckige Wunsch nach einem Kettcar ebenso hartnäckig abgelehnt wurde, gab es als ultimatives Fortbewegungsmittel einen Metallroller mit Schutzblechen und Luftreifen. Ins hintere Schutzblech war ein Bremshebel eingebaut, der auf den Hinterreifen drückte. Das Trittbrett war mit einer kleinen Gummimatte belegt und man konnte durch kraftvollen

Fußantritt schon eine beachtliche Geschwindigkeit erzielen. Gummimatte, Schutzbleche und Bremshebel haben sich mit der Zeit verabschiedet, aber mit dem Roller bin ich noch im Teenageralter durch Neuhausen geflitzt.

Mein treuestes Fahrrad mit Reifengröße 28 war mein HWE-Rad mit Rücktrittbremse und 3-Gang-Nabenschaltung. Mit diesem bin ich nicht nur jahrelang in die Schule gefahren, es hat mich auch, teilweise mit zwei schweren Satteltaschen, einer Sporttasche und Zeltutensilien beladen, nach Österreich, durch die Schweiz und bis an die Côte d'Azur getragen.

Nachdem mir der direkte Nachfolger, ein kirschrotes Peugeot Rad, nach ca. 6 Wochen gestohlen wurde, habe ich dasselbe noch einmal, allerdings in der ungewöhnlichen Farbe braun gekauft. Es hat mir sehr lange Zeit wertvolle Dienste geleistet, durfte zwar nicht auf große Fahrt gehen, aber mich doch täglich zu BMW und zurück bringen. Wegen der bequemen Lenkstange und dem faszinierend leichtgängigen Tretlager ist es noch von meinen Kindern als Ersatzrad immer wieder geschätzt worden, bis es nach ca. 30 Jahren dann doch den Weg in die ewigen Fahrradgründe gefunden hat.

Die Trambahn

Die Trambahn gehört zu München wie die Weißwurst und das Oktoberfest. Genauso gehört sie auch zu meiner Kindheit und hat mich fürs Leben geprägt. Da mein Vater bei der Bahn beschäftigt war, haben wir nie ein Auto besessen, also wurde alles mit der Trambahn gefahren. Ein Kinderrad, wie es meine eigenen Kinder mit vielleicht 4 Jahren bekommen haben, das gab es für mich nicht. Deswegen fuhr man mit der Trambahn in die Stadt, zu den Großeltern, zur Tante Debus und natürlich zum Hauptbahnhof. Einzige Ausnahme war die Haltestelle Donnersberger Brücke, die damals Hauptwerkstätte hieß und an der alle Vorortzüge in den Süden hielten. Dorthin gingen wir zu Fuß, um nach Herrsching oder Gauting zu fahren, was nahezu jedes Wochenende geschah. Ansonsten gabs nur die Trambahn.

Das Straßenbild in meiner Kindheit war geprägt von drei verschiedenen Trambahntypen. Da war der Vorkriegsklassiker, der F-Wagen, noch ziemlich eckig, mit den beiden gegenüberliegenden Sitzbänken, die sich über den gesamten Innenraum zwischen den beiden Plattformen erstreckte. Und es gab die J-Wägen, die sog. Heidelberger mit ihren großen Türen an den langen leicht konischen Plattformen auf beiden Seiten. In beiden Typen – so wie überhaupt in allen Arten von Tram- oder sonstigen Bahnen – stand ich natürlich gerne neben dem Fahrer, um immer wieder aufs Neue nicht zu verstehen, wie man einen Wagen vorwärts oder rückwärts steuern konnte, indem man mehrere Male ohne erkennbares System an einer überdimensionalen waagrechten Kurbel drehte. Um wie viel einleuchtender und faszinierender war der einem Schaltgriff im Auto ähnelnde meist cremefarbige Hebel, mit dem der Fahrer im neuen M-Wagen geradezu lässig das schwere Gefährt dazu bewegte, an Fahrt zu gewinnen oder zu verlieren. Sie hatten damals mit Abstand den größten Anteil am Trambahn-Fuhrpark, die M-Wägen, die mit ihrer modernen abgerundeten, ja fast zeitlosen Form immer noch das Urbild der Münchner Trambahn verkörpern. Leider sind sie schon lange aus dem Münchner Stadtbild verschwunden, nur der P-Wagen, eine etwas plumpe – und dadurch wahrscheinlich geräumigere - Variante des M-Wagens, damals deswegen eher unbeliebt, ist noch mit ein paar Einheiten auf den Münchner Gleisen im Einsatz und wird so natürlich am Ende seines Lebens noch zum Trambahn-Nostalgie-Star.

Die Trambahnen, die uns aus den verschiedenen Richtungen nach Hause, also zum Rotkreuzplatz gebracht haben, sind mit Ausnahme der Linie, die von der Leonrodstraße kommend in die Nymphenburger Straße einbiegt und weiter zum Romanplatz fährt, alle mitsamt ihren Gleisen verschwunden. Die Linie 22 kam aus Schwabing durch die Leonrodstraße und fuhr vom Rotkreuzplatz aus durch die Donnersbergerstraße ins Westend und zum Harras. Die Donnersbergerbrücke war damals noch in der Verlängerung der gleichnamigen Straße und wurde erst im Rahmen des Mittlerer-Ring-Projektes in einem Schwenk zur Landshuter Allee erweitert und umgelenkt. In die Innenstadt gab es zwei Linien: Die Linie 4 kam vom Westfriedhof und fuhr durch die Nymphenburger Straße zum Stiglmaierplatz. Dann gings geradeaus weiter durch die Briennerstraße, rechts durch die Augusten- und dann die Karlstraße bis zur Ottostraße. Wenn man heute am Lenbachplatz steht, kann man es sich nicht mehr vorstellen, aber durch das winzige Gässchen neben der alten Börse kam die 4 heraus, um Richtung Promenadenplatz einzubiegen. Die weitere Strecke über den Max-Weber-Platz nach Berg am Laim wird größtenteils noch heute von wechselnden Linien befahren.

Die Linie 21 war unsere wichtigste Linie, da sie wirklich mitten in die Stadt und vor allem zum Hauptbahnhof fuhr. Vom Stiglmaierplatz aus fuhr sie durch die Seidlstraße, bog aber vor der gefürchteten Paul-Heyse-Unterführung nach links in die Arnulfstraße und fuhr dann gerade aus über Stachus und Marienplatz durchs Isartor und weiter durch die Rosenheimer Straße bis nach Ramersdorf. Mit der 21 fuhren wir also in die Stadt und zum Bahnhof und getreu unserer Münchner Mentalität, die sich ja bekanntermaßen durch hartnäckige Grantigkeit äußert, ist sie dadurch sehr bald zur „Verdrusslinie" geworden. Statistisch gesehen wird sie genauso pünktlich gefahren sein wie ihre Sendlinger und Giesinger Schwestern, aber wir waren uns sicher, dass sie in ihrer Eigenschaft, nie dann zu kommen, wenn man sie brauchte, den anderen weit überlegen war.

Zu Beginn meines „Trambahnlebens" gab es Einzelfahrscheine, etwa in DIN-A7-Größe. Es gab verschiedene Farben für Kinder und Erwachsene (blau und rot) und auf den Karten war schematisch das Trambahnnetz abgebildet. Vielleicht auch mit dem Zweck, die befahrene Strecke gezielt abzustempeln. Es gab ja bis weit in die 60-er Jahre hinein noch in jedem Trambahnwagen einen Schaffner, der Fahrkarten verkaufte und auch abstempelte. Erst als dann neue Karten ausgegeben wurden, die, etwa gleich groß wie die vorherigen, vorne und hinten im Ganzen drei Felder für ebenso viele Fahrten aufzuweisen hatten, begann die Zeit der Schaffner unterzugehen. Diese Fahrscheine besaßen zwar noch Felder in der Größe, dass auch der gewohnte Schaffnerstempel Platz fand, aber man konnte sie genauso in die neuen Maschinen, Entwerter genannt, stecken. Vorausgesetzt, man tat das richtig herum, was nicht immer der Fall war, konnte man so „ganz selbstständig" sein Ticket vorschriftsgemäß „abstempeln". Nachdem der letzte Schaffner seinen Spezialsitz mit Arbeitstisch neben der hinteren Tür (kann im MVG-Museum noch besichtigt werden) verlassen hatte, wurden die Felder der Fahrscheine schnell kleiner und die Streifenkarte war erfunden. Die 3-er Karte ist im MVG-Museum auf einem entsprechenden

Automaten abgebildet, die o.g. Einzelfahrscheine gibt es nur noch auf Sammler-Plattformen im Internet.

Was es dagegen immer noch auf vielen Flohmärkten gibt, sind die faszinierenden Taschen, die jeder Schaffner mit sich und vor sich trug. Die Tasche an sich war wenig faszinierend, umso mehr aber das, was vorne an ihr hing: Vier oder mehr Metallröhrchen für verschiedene Münzgrößen, darüber jeweils Auffangtrichter, um sie leichter zu befüllen und unten Drücker, durch die man ein oder mehrere Münzen als Wechselgeld entnehmen konnte. Was hätte ich als Kind dafür gegeben, mit einer solchen Tasche rumzulaufen und mein Taschengeld per Daumendruck ans Tageslicht zu befördern!

Am Kanal

Der Nymphenburger Kanal war und ist einer der schönsten Orte Neuhausens. Für uns, die wir in einer Mietwohnung ohne Balkon und Garten wohnten, war er zu jeder Jahreszeit ein lohnendes Ausflugsziel. Der Kanal beginnt am Schloss Nymphenburg und endet am Waisenhaus an der gleichnamigen Straße. Dort befindet sich der sog. Kessel und dorthin hat die Stadt auch den Hubertusbrunnen gestellt, der vor dem Krieg vor dem Nationalmuseum in der Prinzregentenstraße gestanden war. Zu Zeiten von Kurfürsten wie Max Emanuel wurde der Kanal sogar mit Gondeln befahren, zu meiner Zeit war davon nichts mehr zu erahnen. Im Sommer war es das Reich der Enten und Schwäne, im Winter der Schlittschuhfahrer und Eisstockschützen.

Während der 34 Jahre meines Lebens, die ich in Neuhausen gewohnt habe, hat mich der Kanal immer - in wechselnden Rollen - begleitet. Es begann schon sehr bald nach meiner Geburt, denn in meinen ersten Jahren ging meine Mutter mit mir mehrmals in der Woche in den Grünwaldpark, der direkt neben dem Kanalkessel liegt. Während ich mich abwechselnd im Sandkasten und am Klettergerüst austobte, saß sie strickend und plaudernd auf einer der grünen Bänke und genoss die Natur.

Später zog es mich weiter nach Nordwesten, in das Dreieck zwischen Nymphenburger Straße und Südlicher Auffahrtsallee. Auf diesem Platz spielte sich der größte Teil meiner kindlichen und jugendlichen Fußballkarriere ab. Der Platz war nicht besonders groß und die umliegenden Bäume eigneten sich nur sehr beschränkt als Torpfosten. Ausnahme war das „Spiel auf <u>ein</u> Tor", das nur dann zum Einsatz kam, wenn die Anzahl der Anwesenden eine bestimmte Mindestzahl unterschritt oder partout kein Freiwilliger für die beiden Torwartaufgaben gefunden wurde. Im anderen, häufigeren Fall, mussten eben wie immer Jacken, Schuhe und sonstige Utensilien als Torpfosten herhalten (→Fußball).

Wofür aber bestens gesorgt war, war die Pausenverpflegung. Direkt an der Nymphenburgerstraße befand sich ein Kiosk, der das begehrte „Capri"-Eis als Umsatzhighlight zu verzeichnen hatte. Der Durst allerdings konnte am Kiosk aus Kostengründen nicht gelöscht werden. Dazu war der kurze Gang zum Hubertusbrunnen erforderlich. An seinen vier äußeren Ecken stehen große Figuren und darunter fließt das Wasser – wie oft bei solchen Brunnen üblich – über muschelartig gewölbte Halbkugeln aus Stein in das jeweilige Becken. In der Mitte des Beckens aber befindet sich der Ablauf in der Form eines eisernen durchlöcherten Stempels. Dieser eignete sich hervorragend als Kniestütze, während eine Hand auf dem Muschelstein das Wasser dazu brachte, zwischen Daumen und Zeigefinger hindurch in meinen Mund zu gelangen. Das Ganze spielte sich stets am südwestlichen Eck des Brunnens ab, niemals an einem anderen. Vielleicht gabs dafür einen technischen Grund, aber wahrscheinlich war es nur Gewohnheit.

Neben dem Schlittschuhfahren (→Tauschen statt Kaufen) war der Kanal im Winter das Reich der Eisstockschützen. Natürlich konnte auch ich mich der Faszination dieses Sports nicht ganz entziehen und wollte nicht darauf verzichten. Bewusst verzichtet habe ich allerdings auf die professionelle Ausrüstung, die natürlich 95 Prozent der vielen vielen Schützen am Kanal besaß. Fast jeder hatte einen Stock mit Wechselscheiben, die immer nach Bedarf getauscht wurden, je nachdem, ob man mit Gefühl an die Daube „hinmassen" oder aber einen fremden Stock aus der Bahn „herausschießen" wollte. Der Vorteil dabei war, dass der eigene Krafteinsatz immer der gleiche war, während die unterschiedliche Reibung der einzelnen Kunststoffscheiben die gewünschte Wirkung erzielte. Das alles kam bei uns nicht zum Tragen. Unsere Eisstöcke waren noch „authentisch", heute würde man sagen, retro. Massiv aus Holz mit einem Eisenring, das war alles. Und nicht nur die Ausrüstung outete uns als Außenseiter. Auch die fehlende feuchte Verpflegung, die in großen Taschen am Bahnrand abgestellt wurde, fehlte bei uns völlig. Wir konnten nur unsere Jugend und den damit verbundenen Eifer in die Waagschale werfen, was uns zwar gehörig Spaß machte, die spielerischen Erfolgserlebnisse allerdings im überschaubaren Rahmen hielt.

Insgesamt war aber das Eisstockschießen nur ein kleiner Teil unsrer vielen Interessen. Darüber hinaus war auch der

Kanal nur einen Teil des Winters zugefroren, sodass die Termine auf der Stockbahn immer seltener wurden. Es gab auch noch einige Sommerversuche mit aufgeschraubten Plastikplatten, aber irgendwann hat dann mein wunderschöner silbergrauer Eisstock seinen Sommerplatz in Manfreds Keller gar nicht mehr verlassen und wird wohl eines Tages auch von ihm final entsorgt worden sein.

Orgelstudio

Was das Lernen eines Musikinstruments anbelangt, da war ich sicher ein Spätzünder. Gesungen im Chor habe ich ja ab einem Alter von 8 Jahren, aber der Wunsch, ein Instrument zu spielen, ist erst so etwa mit 12 Jahren immer konkreter geworden.

Obwohl mir von meinem Musiklehrer im Gymnasium nach einem Testvorspiel versichert worden war, ich wäre zum Streicher geboren, hat es mich von Anfang an zu Tasteninstrumenten hingezogen. Allerdings war es damals eher uncool, Klavier zu spielen. Die elektronische Orgel war modern und das hat auch meine Vorstellungen beeinflusst. Sofort eine solche Orgel zu kaufen, erschien meinen Eltern aber zu riskant, deswegen gabs zuerst eine kleine Schwester davon, eine sogenannte „Organa" von Hohner. Dabei handelte es sich im Prinzip um eine waagrechte Melodica mit automatischem Gebläse! Der Ton war ein unbeschreibliches Getröte, aber als Einstieg war es ganz in Ordnung.

Dann kam natürlich die Frage des Unterrichts. Ecke Volkart-/Winthirstraße hatte in dieser Zeit gerade ein Musikgeschäft aufgemacht und dessen Besitzer, Herr S., erbot sich, eine Stunde pro Woche zu uns zu kommen. Herr S. war ein kleiner, runder Mann mit watschelndem Gang und ich kann mich noch gut erinnern, wie ich ihn durch die nützlichen Seitenfenster meines Zimmers beobachtet habe, wie er die Volkartstraße von der Nymphenburger Straße her auf uns zu kam. Ob die Musikstunden wirklich erfolgreich waren, weiß ich nicht mehr, aber einen Erfolg konnte Herr S. auf alle Fälle verbuchen. Es waren erst ein paar Monate vergangen, da kauften meine Eltern in seinem Musikgeschäft eine Heimorgel der Marke Solina mit zwei Manualen und Stummelpedalen.

Irgendwie scheint es mit Herrn S. aber nicht richtig geklappt zu haben, jedenfalls waren wir nach einem knappen Jahr bereits auf der Suche nach einem anderen Lehrer und wurden über eine Bekannte meiner Mutter fündig: So fuhr ich eines Tages mit meiner Mutter in die Richildenstraße in Nymphenburg, um mich bei einer Frau B. vorzustellen. Sie betrieb dort zusammen mit ihrem Mann eine kleine Musikschule, aber ihr Hauptanliegen war, viele Schüler für das neu gegründete Orgelstudio 2000 zu bekommen, in dem sie fast täglich unterrichtete.

So kam es, dass ich sehr bald einmal wöchentlich in die Herzog-Heinrich-Straße nahe dem Goetheplatz fuhr, um zusammen mit fünf anderen Musikhungrigen an den Schülerorgeln, jeder mit Kopfhörer bewaffnet, zu üben und dann Frau B. die zuhause unterschiedlich intensiv geübten Stücke vorzuspielen. Sie saß dabei an einer Lehrerorgel und konnte zwischen den einzelnen Schülern hin-und herschalten und ihre Kommentare ins Mikrofon sprechen.

Wie groß hier der musikalische Erfolg war, ist vergessen oder verdrängt worden. In Erinnerung geblieben ist ein Auftritt bei einem Vorspiel im Saal der Hirschgarten-

Gaststätte, bei dem ich unter höchster Nervosität versucht habe, das „Vorspiel zu La Traviata" zu Gehör zu bringen. Da das Zeitalter von Youtube und Smartphone noch in weiter Ferne lag, ist meine Erinnerung daran das einzige Tondokument davon geblieben.

Insgesamt aber kann mein musikalisches Wirken so schlimm nicht gewesen sein, denn nach ca. 4 Jahren gab es ein einschneidendes Ereignis. Ein junger Orgellehrer, der parallel zu Frau B. im Studio 2000 unterrichtet hatte, war überraschend verstorben und die freie Stelle wurde mir angeboten. Da gab es kein langes Überlegen und ab Oktober 1975 verbrachte ich jede Woche 8 Stunden, nämlich dienstags und mittwochs, selbst an der Lehrerorgel und versuchte, Schüler und Schülerinnen zwischen 8 und 80 Noten, Rhythmus und Musikalität beizubringen. Mit einem Stundenlohn von ca. 25 DM war das ein traumhafter Job, der es mir ersparte, neben dem Studium andere Einnahmequellen zu finden. Einziger Wermutstropfen an der Sache war, dass über 11 Monate hinweg Dienstag und Mittwoch gesetzt waren. Der August war frei, aber da gabs auch kein Geld. Wenn ich doch einmal länger als 5 Tage am Stück verreisen wollte, musste ich nicht nur auf die Einnahmen verzichten, sondern vor allem einen Ersatz finden, wobei außer Frau B. selbst eigentlich niemand in Frage kam. Wie ich es trotzdem geschafft habe, die eine oder andere Reise (z.B. Israel oder Sizilien) zu unternehmen, ist mir im Nachhinein ein Rätsel.

Natürlich standen im Studio 2000 eine Reihe schmucker Orgeln und Herr R., der Besitzer, versuchte mehr als einmal, mir eine davon schmackhaft zu machen. Irgendwann Ende der Siebzigerjahre war es dann soweit: Meine alte Solina hatte ausgedient und musste einer wunderschönen

Goodwin-Orgel mit Zugriegel und allem Drum und Dran Platz machen. Ca. 8000 DM hat mich der Spaß gekostet, aber er hat mir sehr lange sehr viel Freude gemacht. Dass die vielen Instrumentenklänge, die enthalten waren, bei weitem den Klängen meines jetzigen 400-Euro-Keyboards nicht das Wasser reichen konnten, lässt erahnen, welche technischen Fortschritte auch auf diesem Gebiet erzielt worden sind.

Meine neue Orgel aber war auf jeden Fall etwas Besonderes. Das merkte ich vor allem dann, wenn ein Schaden repariert werden musste. Dann stellte sich heraus, dass es weit und breit nur eine Person gab, die sich wirklich mit dieser Art von Orgel auskannte: Herr S., unüberhörbar aus Österreich. Er sah aus wie Arik Brauer, war der absolute Spezialist, löste Probleme in Minuten, wofür andere Stunden brauchten (wenn sie sie überhaupt lösen konnten) und war ansonsten ein Einzelkämpfer, mehr Künstler als Techniker. Ich erinnere mich an einen Termin, es muss Anfang der neunziger Jahre gewesen sein. Wir wohnten bereits in Landshut, die Orgel war mal wieder kaputt und ich fuhr in einem geliehenen Espace mit der Orgel und zwei Kindern nach München. In der Landsberger Straße, neben dem Hauptzollamt stellten wir den Wagen auf den Gehsteig, Herr S. holte den Strom aus seinem Keller und reparierte die Orgel im Auto, während ich mit den Kindern einen Ausflug zur und in die Bavaria unternahm.

Ob ich ein guter Lehrer war, müssen die Schüler beurteilen. Speziell für Jugendliche war das System, bis zu sieben Schüler gleichzeitig zu unterrichten, aus meiner Sicht nicht optimal. Die zehn Minuten, die jedem Schüler zur Verfügung standen, reichten einfach nicht aus, um das Pensum, das ein lernwilliger und -fähiger Jugendlicher pro

Woche leisten kann, vor- und nachzubereiten. Bei den Erwachsenen sah die Sache anders aus. Nur wenige meiner berufstätigen Schüler hatten während der Woche ausreichend Zeit gefunden zu üben und da auch die Aufnahmefähigkeit im Alter bekanntlich eingeschränkt ist, waren die Teilnehmer froh, die Stunde im Studio in Ruhe üben zu können. Darüber hinaus waren sie auch mit dem meistens übersichtlichen Lernfortschritt in der Regel sehr zufrieden. Deshalb und vielleicht auch wegen meiner Art der Kommunikation habe ich mich jedenfalls mit den Erwachsenen immer sehr gut verstanden. Sie wollten im Gegensatz zu den Jugendlichen nicht schnell viel lernen, sondern sahen die wöchentliche Stunde als regelmäßige Freizeitgestaltung (mit Anleitung) an und freuten sich über jedes neue Musikstück, das sie so einigermaßen im Rhythmus spielen konnten.

Meine Zeit im Orgelstudio 2000 währte zehn Jahre, dann begann für mich der Einstieg ins Arbeitsleben und es war auch irgendwie genug. Es war Mitte der Achtzigerjahre und der Stern der elektronischen Orgel war im kontinuierlichen Sinkflug. Nicht nur ich verließ das Orgelstudio, auch die Schüler wurden hartnäckig weniger, Frau B. zog sich wieder in ihr Nymphenburger Heim zurück und einige Jahre später musste auch Herr R. mit seinem Studio ausziehen und einem anderen Geschäft Platz machen. Aber eine Fahrt durch die Herzog-Heinrich-Straße bringt für mich auch heute noch viele Erinnerungen.

Akkordeonorchester

Nachdem ich bei Frau B. ungefähr ein halbes Jahr Unterricht im Studio 2000 genossen hatte, fragte sie mich eines Tages, ob ich nicht Lust hätte, in ihrem Akkordeonorchester mitzuspielen. Seit einiger Zeit war es in Akkordeonensembles modern, mithilfe eines sogenannten Elektroniums eine zusätzliche neue Klangfarbe in die Akkordeonwelt zu bringen. Dabei handelte es sich um eine Art Orgel in Form eines Akkordeons, die eine Reihe elektronischer Instrumentenklänge, vornehmlich von Blasinstrumenten, erzeugen konnte, wobei der Balg wie bei einem Pedal zur Lautstärkenregulierung verwendet wurde. Frau B. leitete zu dieser Zeit den „Münchener Volksmusik Verein", einen Verein mit drei Akkordeon-Orchestern, Schüler, Jugend und Erwachsene. Die Erwachsenen planten damals, so ein Elektronium im Orchester einzusetzen. Dafür brauchte man einen Mitspieler und da es sich eher um eine Orgel als um ein Akkordeon handelte, wurde eben ein Orgelspieler gesucht. Ob es an der Überredungskunst meiner Lehrerin, an meiner Zuneigung zu ihr oder an meiner Lust auf neue Abenteuer lag, jedenfalls sagte ich zu und sah mich ab da jeden Dienstagabend in die „Rose" fahren, eine (leider nicht mehr existierende) Gastwirtschaft in der Hirschgartenallee.

Die Anschaffung eines Elektroniums war sehr teuer, deswegen gabs zuerst einmal nur eine kleine „Philicordia"-Orgel als Ersatz. Später wurde dann tatsächlich ein Elektronium angeschafft und ich durfte viele Jahre lang dieses besondere Instrument spielen. Da es ein Solo-Instrument war, waren es auch immer schöne Melodien, die vor mir auf dem Notenblatt lagen, ich konnte mich aber anderererseits auch nie hinter einem Mitspieler verstecken und musste meine Karten stets auf den Tisch legen.

Bevor Frau B. das Orchester übernommen hatte, war es im wahrsten Sinne des Wortes ein Volksmusikverein gewesen, jetzt aber war es bestrebt, an Niveau zu gewinnen, und es wurde ein immer anspruchsvolleres Repertoire ausgewählt. Dazu zählten natürlich die großen Konzertouvertüren von Rossini und Suppé, Ernst Fischers „Südlich der Alpen" und Ketèlbeys „Persischer Markt", aber zunehmend auch eigens für Akkordeon komponierte Werke von z.b. Rudolf Würthner und Kurt Maas. Dazu gehörte neben dem regelmäßigen Jahreskonzert auch, dass immer wieder zu einem Wettbewerb gefahren wurde, um an einem Wertungsspiel teilzunehmen. Für mich als Meister des Lampenfiebers war das jedes Mal eine kleine Tortur, aber das Erleben der Gemeinschaft im Verein war doch eine sehr schöne Erfahrung.

Besonders stark war die Bindung zu zwei Personen: Ein quasi väterlicher Freund war Johann F., die Gutmütigkeit in Person. Von einer bärenhaften Statur und Größe, war er durch nichts aus der Ruhe zu bringen. Er holte mich immer mal wieder mit seinem wunderschönen weißen BMW 1602 ab, ließ mich auch manchmal damit fahren und war immer ein treuer Kumpel. Die andere Person war der etwa gleichaltrige Christian H., genannt „Hasi", mein linker Nachbar im Orchester. Er spielte das Bass-Akkordeon, das sehr bald durch ein sogenanntes Bassophon abgelöst wurde. Dabei handelte es sich um eine etwa 2-oktavige liegende Klaviatur, die, an einen Verstärker angeschlossen, satte Basstöne erzeugen konnte. Hasi und ich, wir waren mit etwas Abstand die Jüngsten im Erwachsenen-Orchester. Da lag es in der Natur der Sache – und natürlich in unserer – dass wir sozusagen eine nicht immer schweigende Opposition zu den doch manchmal etwas spießigen Vereinseigenschaften und –abläufen bildeten. In hartnäckiger Regelmäßigkeit kamen aus unserer Ecke Proteste und Einwürfe, die mal mit Humor, mal mit Empörung aufgenommen, aber grundsätzlich abgelehnt wurden.

Es war eine sehr schöne Zeit, die ich nicht missen möchte, aber nach 10 Jahren war Schluss. Die Zeit, sie war lange genug gewesen und der Domchor sowie der Angeluskreis waren mir in dieser Lebensphase einfach wichtiger. Und sie waren mir letztendlich auch Gemeinschaft genug. Aus dem Münchner Volksmusikverein ist inzwischen das Akkordeonorchester München e.V. geworden, das mich jedes Jahr regelmäßig zum Jahreskonzert im späten Herbst einlädt. Hin und wieder kann ich nicht widerstehen und schwelge dann für 2 Stunden im Herkulessaal in alten Erinnerungen.

Hirschgarten

Der Hirschgarten im Münchner Stadtteil Nymphenburg ist für die meisten Leute der Inbegriff des Münchner Biergartens. Seine enorme Größe, die wunderbare Lage unter unzähligen Kastanien mitsamt dem immer gleich duftenden Hirschgehege, die schönen Brotzeitstände, aber vor allem das süffige, spitzenmäßige Bier sind weit über die Stadtgrenzen hinaus bekannt und beliebt. Auch heute noch darf ich diese Vorzüge mit hartnäckiger Regelmäßigkeit, aber leider viel zu selten, genießen.

In meiner Jugendzeit war das anders. Da war der Hirschgarten für mich Szene und Treffpunkt schlechthin, der Ort, an den es mich über drei Jahre hinweg fast täglich hinzog, um Freunde zu treffen. Freunde und vor allem Freundinnen, denn ich war 15 und das andere Geschlecht spielte wie bei allen Teenagern in diesem Alter eine große Rolle.

Angefangen hat es mehr zufällig. Ein Schulkamerad – der anscheinend schon Feuer gefangen hatte – nahm mich mit, andere meiner Freunde und Schulkameraden kamen dazu und aus dem Ausflug wurde eine Dauereinrichtung. Nach Schule und unterschiedlich intensiven Hausaufgaben gings mit dem Rad zu den Tischtennisplatten im Herzen der großen Grünanlage. Es verging kein Tag, an dem nicht nach und nach die einen oder anderen Gefährten dazukamen. Die Clique der Jungen war bunt zusammengewürfelt, die Mädchen kamen fast ausschließlich aus einer Klasse des nahen Luise-Schröder-Gymnasiums. Das beschränkte Freizeitangebot bestand aus Tischtennis (die Platten standen ja da und warteten nur auf mitgebrachte Netze), aus Volleyball und einem neumodischen Spiel mit einer Plastikscheibe, die Frisbee genannt wurde. Ansonsten saß man plaudernd herum, auf den Platten oder auf den Betonschwellen zwischen Platten und Gehweg oder man holte sich eine Radlermaß von der verlockend nahen Gastronomie.

Natürlich dauerte es nicht lange und die jungen Herzen suchten und fanden sich. Zumindest ein Teil davon. Einige gingen in der ersten Runde leer aus, darunter auch ich. Ich war unermüdlich, täglich zur Stelle, hatte Ball und Netz, Schläger und was weiß ich dabei – und trotzdem, oder – was mir nachträglich einleuchtender erscheint – gerade deshalb wollte es bei mir mit der Erfüllung der Frühlingsgefühle nicht recht klappen. So musste ich mich darauf beschränken, meine Freunde (und Rivalen) bei ihren Eroberungen zu beobachten und jede auch noch so kleine Zuneigungsbekundung des weiblichen Geschlechts als persönlichen Erfolg zu werten. Und natürlich darauf, die Hoffnung nicht zu verlieren. Es vergingen dann am Ende 2½ Jahre, bis ich mit Lisa meine erste Freundin fand. Lisa war – sehr zum Leidwesen meines Vaters – 5 cm größer als ich, dunkelhaarig und sehr sportlich und ich verstand mich wirklich großartig mit ihr. Es war eine harte Zeit bis dahin, aber im Nachhinein würde ich doch sagen, ich habe nichts versäumt.

An der Uni

Lob für gute Noten gabs von meinem Vater seit je her wenig. Er hat schlichtweg von seinen Söhnen erwartet, das Abitur auf geradem Wege zu bestehen und anschließend ein Studium zu beginnen.

Da die Bundeswehr kein Interesse an mir zeigte, stand die Studienwahl gleichzeitig mit dem Abitur an. Der Blick auf mein Abiturzeugnis zeigte schnell, dass nur ein Studium ohne Numerus-Clausus-Beschränkung in Frage kam und meine Favoriten waren eigentlich Mathe und Latein fürs Lehramt. Allerdings konnte ich das dafür notwendige große Graecum nicht vorweisen und es während des Studiums nachzuholen, erschien mir wenig verlockend. Also kam Plan B zum Einsatz, nämlich Maschinenbau.

Da in den entsprechenden Unterlagen zu lesen war, dass ein Praktikum von 8 bis 10 Wochen vor Studienbeginn unbedingt zu empfehlen sei, trat ich schweren Herzens einen großen Teil der lang ersehnten nachschulischen Freizeit an ein Praktikum im AW(Ausbesserungswerk) Neuaubing der

Deutschen Bundesbahn ab, das mir mein Vater vermittelt hatte. Acht Wochen lang absolvierte ich eine Mini-Schlosserlehre, feilte, sägte, bohrte und schmiedete, während die Kameraden Urlaub machten.

Im November 1975 begann dann mein Maschinenbaustudium an der TU München, damals noch TH. Fächer wie Höhere Mathematik, Technische Mechanik und Darstellende Geometrie beherrschten von da ab meinen Tagesablauf. Der Mittelpunkt meiner Studienarbeit aber war - im wahrsten Sinne des Wortes – die Mensa der TH. Nahezu mittäglich traf sich dort ein Freundeskreis an Studenten der verschiedensten Fachrichtungen, um außer der Entscheidung zwischen Stamm- und Auswahlessen auch die über die gemeinsamen Freizeitaktivitäten zu treffen.

Nachdem ich mich (mit anfänglich 500 MitkommilitonInnen, die Frauenquote wurde mit ca. 5 Damen erfüllt) durch 10 Semester, jede Menge Vor- und Diplomprüfungen (manche waren so interessant, dass ich sogar zweimal antrat) sowie insgesamt 26 Wochen Praktikum gekämpft hatte, beschloss ich, wegen der unbestreitbaren Vorteile des Studienlebens einerseits und mangelnder Nachfrage nach meiner Arbeitskraft andrerseits, ein Aufbaustudium dranzuhängen. Das AWA, das ArbeitsWirtschaftliche Aufbaustudium brachte mir Fächer wie Ergonomie, Recht, Volks- und Betriebswirtschaft und natürlich EDV, Elektronische Datenverarbeitung, das Fach der Zukunft, nahe. Keines dieser Fächer hat mich wirklich auf mein Berufsleben vorbereitet, aber nach ca. 80 Bewerbungen hat Nr. 52 schließlich zum Erfolg geführt. Herrn M. bei BMW habe ich gefallen und rückwirkend kann ich mir kein besseres Arbeitsumfeld vorstellen.

Icarus

Nachdem der Drang, dem Ball nachzulaufen, im Laufe der Gymnasialzeit durch die zunehmende Konzentration auf das andere Geschlecht doch ziemlich eingebremst worden war, erfuhr er mit dem Eintritt ins Studium eine intensive Wiederbelebung.

Im Gymnasium waren Klassenspiele immer ein Highlight, wir Fußballer einer Klassenstufe waren eine große Familie. Was lag da näher, als diese Kräfte auch nach dem Abitur zu bündeln und alle Studenten in einer kampfer-probten Truppe zu vereinen. Diese Idee war entstanden, da vom TU-Hochschulsport in jedem Semester sommers wie winters ein Fußballturnier ausgerichtet wurde, in dem sich - auf professionellen Plätzen mit professionellen Schieds-richtern - alle motivierten Studentenmannschaften beteili-gen konnten. Zusammen mit meinem Freund Georg M. rekrutierten wir also spielwillige und –freudige Kamera-den, sammelten Geld für die Anmeldung und beschafften schließlich sogar einheitliche T-Shirts als Trikots. Außer-dem erschufen wir den Namen RM11 (die 11 Rasenmäher), da uns wahrscheinlich schon im Vorfeld klar war, dass wir möglicherweise fehlende fußballerische Qualitäten durch ein hohes Maß an Humor zu kompensieren haben würden.

Im Sommersemester 1976 ging es los. Wie erwartet, be-stach RM11 durch Kameradschaft, Humor und bedin-gungslosen Einsatz, weniger durch spielerische Eleganz und Durchsetzungsvermögen. Die Anzahl der Siege war überschaubar, aber aus der - sicherheitshalber gewählten - Gruppe 3 konnte man nicht absteigen, da die Gruppe 4 aus-schließlich für Uni-Bedienstete reserviert war.

Dann kam das Wintersemester und das wartete mit

meiner absoluten Lieblingsdisziplin auf - Hallenfußball. Natürlich mussten wir da auch wieder mit von der Partie sein. Die Sache hatte nur einen Haken: Man konnte nur einen kleineren Kader pro Mannschaft melden, es spielten ja dann auch nur 5 Mann plus Torwart. Da selbstverständlich alle vom Sommer wieder spielen wollten, gab es nur eine wirklich vernünftige Lösung, nämlich die Teilung. Georg behielt die RM11, die dann trotz ihres Namens zu sechst über den Kunststoffboden liefen, ich gründete die neue Mannschaft HF6 (Die 6 Hallenflitzer). Die Teilung selbst war unproblematisch, da es schon vorher ein ziemliches Gleichgewicht bei RM11 zwischen Spielern aus meiner Klasse und aus dem Rest der Klassenstufe gegeben hatte. Wir kämpften also getrennt und waren dabei sogar erfolgreicher als im Sommer, da einigen Spielern, mich eingeschlossen, die Halle mit ihrem Schwerpunkt auf Dribbeln und Ballbehandlung doch deutlich mehr lag als die manchmal endlos scheinenden Weiten des Feldes, die einen eher entmutigten als anspornten.

Die Auswechslung im Hallenfußball war ohne Beschränkung möglich, sodass natürlich beide Mannschaften bestrebt waren, das mögliche Kontingent bis zum Anschlag auszunutzen. Dadurch kamen nochmals neue Mitspieler hinzu und das Problem am Beginn des nächsten Sommersemesters war unausweichlich: Wir waren zu viele. Zu viele, um nochmals eine gemeinsame Mannschaft zu bilden. Was lag also näher, als auch im Sommer als HF6 aufzulaufen und die im Winter erprobte Mannschaft um weitere spielerische Kräfte zu verstärken.

So wurde es gemacht, allein der Name Hallenflitzer konnte so nicht bleiben. Es sollte ein Name sein, der eine max. 8-stellige, griffige Abkürzung ermöglichte und unser

Ziel war es, einen Namen zu finden, der insgesamt nur max. 8 Stellen besitzt, um eine Abkürzung gänzlich zu vermeiden. Gleichzeitig, um unseren selbstironischen Ansatz auszudrücken, sollten etwaige Rückennummern entgegen der Norm in lateinischen Ziffern dargestellt werden. Mein Freund Wolfgang stand mir zur Seite, als wir uns durch Namenslisten und Lexika plagten, als wir nach erfolgloser Sponsoren-Suche diverse Bekleidungsgeschäfte durchforsteten, um ein für alle preislich erschwingliches Trikot in der von uns gewünschten grünen Farbe zu erstehen. Am Ende wurde es ein schweres langärmeliges Baumwolltrikot, auf das im Hause Fröschl ein selbstentworfenes Wappen aufgenäht wurde und dem die lateinische Rückennummer durch Aufbügeln mitgegeben wurde. Passend dazu wurde auch ein Mannschaftsname gefunden: ICARUS. Wer sich unsere Mannschaft mit dem Wissen um die griechischen Heldensagen als klassische Loser vorstellen würde, dem wollten wir dann eben das Gegenteil beweisen.

Das ist uns dann leider nicht allzu oft gelungen. Sommer für Sommer sind wir letzten Endes angetreten, um im unteren Drittel der Tabelle um die Punkte zu kämpfen. Einige wenige Siege sind uns in Erinnerung, aber meistens mussten wir Stürmer mitansehen, wie unsere Verteidigung zwar heroisch kämpfte, aber letzten Endes doch ein ums andere Mal in die Knie gezwungen wurde. Bekamen wir trotzdem ab und zu den Ball, konnten wir durch fehlende Übersicht und hartnäckige Abschlussschwäche immer aufs Neue beweisen, wie homogen unsere Mannschaft war. Der das überschaubare Wiesenstück im Grünwaldpark gewohnte kleine schwarzhaarige Kämpfer war immer wieder überrascht von der Größe und Weite eines richtigen Fußballfeldes und auch davon, wie viele Gegner und wie wenig Mitspieler immer gerade zu dem Zeitpunkt in Sicht waren, an dem er den Ball erkämpfte oder zugespielt bekam.

Aber die Lust am Spiel und die Kameradschaft war und blieb ungebrochen. Auch die höchsten Niederlagen konnten uns nicht davon abhalten, nach dem Spiel im „Il Mulino" in der Görresstraße bei Pizza und Bier oder Radler die Stimmung hochzuhalten und von besseren Zeiten zu träumen.

Das Ganze war allerdings auch zusätzlich zu den Spielen noch mit einem gehörigen Zeitaufwand verbunden. Den investierte – leicht zu erraten – meine Wenigkeit nahezu ausnahmslos. Ich rekrutierte und motivierte neue und vorhandene Spieler, übernahm die Funktion, die heutzutage der Kalender im Smartphone besitzt, und war an jedem Spieltag froh, wenn 11 Spieler unserer Mannschaft den Platz betraten. Weniger sollten es wirklich nicht sein, denn selten trat ein Gegner nicht in voller Spielstärke an, aber mehr eigentlich auch nicht. Es gab keine Auswechselbank in dem Sinne, Trainer und Betreuer waren nicht vorhanden, sodass eine Überzahl bedeutete, dass ein oder mehrere Spieler – oft auch bei schlechtem Wetter – an der Außenlinie warten mussten, bis sie in der Halbzeit einen dadurch meist frustrierten Mitspieler ersetzen durften. Die zahlgenaue Besetzung war also jedes Mal eine Herausforderung und musste mit den Elementen Urlaub, Krankheit, Verletzung, Unlust und anderen psychischen und physischen Unwägbarkeiten kämpfen.

Eine andere Art der Herausforderung war die halbjährliche Anmeldung. An einem bestimmten Tag musste man in der ZHS (Zentrale Hochschulsportanlage) vorstellig werden, frühzeitig in der Reihe anstehen und die entsprechenden Marken für den Studentenausweis erwerben. Aufgrund der schlechten Erinnerungen, die ich an diesen Tag und an die Tage davor verspüre, nehme ich an, dass man sogar alle Ausweise der Mitspieler dabeihaben musste, was natürlich wieder einen enormen Organisationsaufwand im Vorfeld darstellte. Aber die anderen wussten ja, der Herbert macht's schon und die anteiligen D-Mark, die jeder zu zahlen hatte, mir nach mehrmaliger Auf- und Einforderung im Nachhinein zu überreichen, war schließlich Danksagung genug.

Und gekannt haben Sie mich! Mein Eifer hat sich durch fehlende Anerkennung nicht bremsen lassen. Nur einmal hätten meine Mitspieler den Bogen doch beinahe überspannt. In einem China-Restaurant in der Theresienstraße wurde mir von meinen Mitspielern – am Ende unserer Icarus-Phase – sozusagen als kleines Dankeschön ein Schnaps bestellt. Als er dann kam, stellte sich heraus, dass es sich um einen nahezu ungenießbaren chinesischen Reisschnaps handelte. Meine fehlende Freude über den fürchterlichen Geschmack wurde sofort als Gemeinschaftserfolg mit anhaltendem Gelächter gefeiert. Vielleicht eine unbedeutende Aktion, aber mich hat sie damals irgendwie schwer getroffen.

Blutspende

Jeden Tag eine gute Tat! Sicher ein ernst zu nehmender Vorsatz, auch wenn er in unserem Wortschatz meistens im Bereich der Ironie Anwendung findet. Auf jeden Fall wäre eine Blutspende durchaus hier als Pluspunkt anzurechnen. Aber so sehr ich mir diesen Punkt auch ans Revers heften möchte, der eigentliche Beweggrund für den Gang in die

Blutspendezentrale waren doch mehr die 25 DM und die salamihaltige Brotzeit hinterher.

Sei es, wie es sei, bei einer dieser Gelegenheiten im BRK in der Herzog-Heinrich-Straße geriet die Schwester beim Anblick meiner Venen dermaßen in Verzückung, dass sie mir sofort ein eindeutiges Angebot machte: Es gäbe da eine neue Maschine, einen sogenannten Zellseparator, der würde speziell die Blutplättchen aus meinem Blut filtern, die sie für bestimmte Patienten dringend benötigten. Statt der 25 DM der herkömmlichen Blutspende würde man 100 DM je Sitzung bekommen, wenn ich mich als regelmäßigen Spender eintragen lassen würde. Die Aussicht war verlockend und ich ließ mich nach kurzer Überlegung auf das neue Abenteuer ein.

Nach Ablauf einer vorhergesagten Frist bekam ich den ersten Anruf vom BRK und fand mich kurz darauf im besagten Gebäude ein. In jede meiner Armvenen wurde eine Kanüle gelegt (die Nadel war etwas dicker als bei der üblichen Spende, ich musste da sowieso immer wegschauen), dann konnte es losgehen: Auf der einen Seite wurde ein halber Liter Blut abgezapft und im Zellseparator zentrifugiert. Die dabei gewonnenen Blutplättchen waren für einen erkrankten Empfänger bestimmt und ich bekam die restlichen Bestandteile auf der anderen Seite wieder zugeführt. Dann ging die Prozedur von Neuem los, insgesamt 3 Liter soweit ich mich erinnern kann. Das Ganze dauerte so zwischen 2 ½ und 3 Stunden. Während dieser Zeit durfte keiner der beiden Arme gebeugt werden, d.h. schnäuzen oder kratzen oder ähnliches kam nicht in Frage. Man musste die Schwester rufen oder – was noch besser war - ganz darauf verzichten.

Das ganz Besondere an der Zellseparator-Spende aber

waren nicht die 100 DM oder die Salamisemmeln hinterher, sondern der Videorekorder. Um den armen Stilliegern ein wenig Unterhaltung (und Ablenkung!) zu verschaffen, war ein Videorekorder installiert worden und es standen eine Reihe bekannter und weniger bekannter Filme zur Verfügung. Nun gab es aber im Raum anfänglich zwei, später drei Zellseparatoren, die nicht zeitgleich, sondern logischerweise versetzt liefen. Das hatte zur Folge, dass der jeweils Erste den Film aussuchen konnte, die anderen später einsteigen und evtl. den gleichen Film zum 3. Mal anschauen mussten. Aber es war besser, als 3 Stunden an die Decke zu schauen und nach Entfernung der Kanülen habe ich öfters noch eine halbe Stunde auf dem Bett gesessen und einen Film zu Ende angeschaut.

Mit der Zeit wurden die Maschinen moderner, der Blutdurchlauf mit Zellseparation wurde irgendwann kontinuierlich und damit auch deutlich kürzer. Am Ende meiner Spendephase dauerte es nur mehr eine gute Stunde und einen Film anzuschauen lohnte sich praktisch nicht mehr. Trotz dieser fortschreitenden Technik hatte ich nach 8 Jahren und 40 Spenden die Nase voll und die Adern leer und hängte meine Spendennadel endgültig an den Nagel.

Domchor

Im Münchner Domchor zu singen, ist mir früher nie in den Sinn gekommen. Als Kind war ich mit den →Domsingknaben immer wieder dort gewesen, aber nachdem sich diese aufgelöst hatten, war meine Sängerkarriere vorerst zu Ende. Zu wichtig war die probenlose Freizeit und vielleicht hatte ich auch den Wert gemeinsamen Musizierens noch nicht so richtig erkannt.

Das hat sich Ende der 70-er Jahre grundlegend geändert. Meine damalige Freundin Claudia war schon länger festes Mitglied im Domchor gewesen und hat mich immer wieder bearbeitet, auch dort mitzusingen. Im Frühjahr 1978 hatte sie mich soweit. Nach einer Sonntagsmesse sprach ich den Chorleiter darauf an und wurde umgehend zu einem baldigen Vorsingen in seine Wohnung eingeladen. Nach fehlerfreiem Absingen des Kirchenliedes „Lobe den Herren" wurde ich in den erlauchten Kreis aufgenommen und durfte nahezu alle Donnerstage und Sonntage des Jahres im Kalender anstreichen. Dieser Schritt hat mein weiteres Leben entscheidend geprägt. Viele bis heute andauernde Freundschaften entstanden, ich lernte im Chorumfeld meine erste Ehefrau kennen und die Liebe zur romantischen Chormusik hat mich bis heute nicht losgelassen.

Neben dem Domchor sang ich noch im Jugendsingkreis mit und wenn sonst keine Termine waren, half ich dem Chorleiter bei dem einen oder anderen technischen oder organisatorischen Problem, das die Leitung eines solchen Chores mit sich brachte. Diese – natürlich selbst verursachte – Termindichte hat letztendlich dazu geführt, dass ich nach 5 intensiven Jahren dem Domchor wieder den Rücken gekehrt habe, aber dem kleinen Kammerchor (er nannte und nennt sich Angeluskreis), der sich in dieser Zeit aus der Domchorjugend gebildet hatte, bin ich über 30 Jahre lang treu geblieben.

Quer durch Frankreich

Meine Erinnerungen an die vielen Urlaubsreisen, die hinter mir liegen, würden alleine ein Büchlein füllen, das aber nur durch die Menge an Erlebnissen allein nicht zwangsläufig interessanter werden würde. Eine spezielle Reise aber ist so abenteuerlich verlaufen, dass sie sich in vielen Details für immer in mein Gedächtnis eingenistet hat. Sie soll deshalb stellvertretend für alle die Reisen, die zwar wunderschön, aber nicht im Entferntesten so spektakulär waren, hier detaillierter betrachtet werden.

Es war im Jahr 1977. Ich hatte mir gerade ein Tandem gekauft, Marke Gitane, 10-Gang-Schaltung, durchgehende Herrenstange, Trommelbremse hinten, Kostenpunkt 700 DM. Ein halb so schweres hätte das Doppelte gekostet, aber wir waren ja jung und stark. Mein Freund Klaus hatte im Vorjahr im Urlaub sein Herz an eine junge Französin aus der Bretagne verloren und wollte sie unbedingt Ende August besuchen. Der dazugehörige Plan war schnell gemacht: mit dem Zug nach Kehl und mit dem Rad in vier Tagen quer durch Frankreich nach Nantes. Als Antwort auf die berechtigte Frage, wie wir damals auf die aberwitzige Idee gekommen waren, eine Strecke von 850 km in vier Tagen zu fahren, kann ich nur vermuten, dass uns die auf heimischen kurzen Wegen getestete Geschwindigkeit unseres neuen Gefährtes so fasziniert hatte, dass wir uns mit weniger einfach nicht zufriedengeben wollten.

An einem Dienstag Ende August begann unser Abenteuer. Die Zugfahrt nach Kehl war problemlos, aber auch nur diese. Da wir in der Bretagne anschließend noch Urlaub machen wollten, hatten wir einen Koffer dabei, den wir verständlicherweise nicht mit dem Tandem transportieren konnten und deshalb nach Nantes vorausschicken wollten. Mit Expressgut wäre das zu teuer gewesen, also brachten wir dort einen Bahnbediensteten mit viel Geduld irgendwie dazu, uns eine (nicht benötigte) Karte nach Nancy und dazu einen Gepäckschein nach Nantes für insgesamt 18 DM zu verkaufen.

Am nächsten Tag, Tag 1, nahmen wir voller Tatendrang die ersten 200 Kilometer in Angriff, aber viele bremsende Berge und eine erste größere Reifenpanne machten uns schnell klar, dass unser ausgegebenes und unverrückbares Ziel, „Sonntag früh – Frühstück in Nantes", auf diese Weise nicht zu schaffen war. Plan B sah vor, mit dem Zug eine Teilstrecke zu überwinden, und so kam es, dass wir uns nach einer ersten Tagesetappe von 150 Kilometern am nächsten Morgen im Zug über Paris nach Orleans wiederfanden.

Tag 2 verging in Orleans mit Warten auf unser Tandem, das natürlich nicht mit unserem Zug mitgekommen war. An den nächsten beiden Tagen lagen also noch ca. 330 Kilometer vor uns, ein erreichbares Ziel – unter normalen Bedingungen. Diese herrschten jedoch leider nicht, speziell was unser Reisegefährt betraf. Mehr und mehr zeigte sich, dass es unseren immensen jugendlichen Kräften in keiner Weise gewachsen war. Nach ca. 60 Kilometern, in einem kleinen Ort namens Blois, gelang es uns, beim Anfahren am Berg die Kette und den Werfer der Gangschaltung völlig zu deformieren, was uns eine 4-stündige Reparaturpause verschaffte und unseren Gesamtplan zum zweiten Mal infrage stellte. Wir ließen jedoch unseren Hochmut nicht sinken und schafften in den verbleibenden Stunden des Tages noch weitere 100 Kilometer bis Langeais.

Am Tag 4, wir hatten jetzt „nur" noch 170 Kilometer vor

uns, erreichte das Drama seinen Höhepunkt. Nach 50 Kilometern mussten wir feststellen, dass die Speichen unseres Rades unterdimensioniert waren, sich zwei davon bereits verabschiedet hatten und die hintere Felge an einer Sollbruchstelle beim Ventil gebrochen war. Der Redegewandtheit und den sehr guten Französischkenntnissen meines Partners war es zu verdanken, dass uns eine Stunde später ein LKW-Fahrer mitsamt unserem Rad mit nach Angers nahm. Dort wurde die Felge in einer Werkstatt notdürftig hartgelötet, da das eigentlich erforderliche Einspeichen einer neuen Felge an diesem Tag nicht mehr möglich war und wir damit unser Ziel – was nicht zur Diskussion stand - hätten aufgeben müssen.

So starteten wir um 17:00 in Angers, vor uns 90 Kilometer und der unverrückbare Slogan: „Sonntag früh – Frühstück in Nantes", der uns unser Ziel in greifbare Nähe und unsere Stimmung deutlich nach oben brachte. Doch das Schicksal wollte es anders. Berge über Berge bescherten uns anstrengende Anstiege und berauschende Abfahrten. Eine dieser Abfahrten, es war 22:30 und bereits dunkel, brachte die Entscheidung: Mit einem ultimativen Knall brach die hintere Felge in viele kleine Einzelteile auseinander, mein Hintermann saß nahezu auf dem Boden, unsere Fahrt war definitiv zu Ende. Wir schleppten Rad und Gepäck zum nächsten Bauernhof, wo wir es nach kurzer Unterredung einstellen konnten. Und es gelang uns irgendwie, per Anhalter in den kleinen Ort La Montagne zu gelangen, wo wir pünktlich um Mitternacht ans Fenster der Geliebten klopften und für ein großes Hallo sorgten.

„Sonntag früh – Frühstück in Nantes", es hat funktioniert, aber die Geschichte dieses Abenteuers verfolgt uns bis heute.

In der Kirche

Dem jungen Leser der heutigen Generation mag es wie ein Blick ins finstere Mittelalter erscheinen, aber die Gottesdienste meiner Kindheit hatten mit den heutigen Gottesdiensten wenig gemein. Das betrifft nicht nur die Anzahl der Kirchenbesucher, die in den letzten 50 Jahren sehr stark zurückgegangen ist, sondern vielmehr den grundsätzlichen Ablauf. In den ersten Jahren meines Lebens fand in Rom das 2. Vatikanische Konzil statt, was in der katholischen Kirche eine Vielzahl an Veränderungen hervorgerufen hat, und diese Veränderungen bekam ich hautnah mit. Während bis dato die Gläubigen größtenteils nur den Rücken des Pfarrers hatten begutachten dürfen, wurde jetzt ein Volksaltar aufgestellt und der Priester durfte (oder musste) die Messe mit konstantem Blick zur Gemeinde hin zelebrieren. Darüber hinaus wurde das auf mystische Weise beeindruckende Latein durch ein dafür verständlicheres Deutsch abgelöst und die Kirchenbesucher wurden so mehr und mehr in die Feier der Heiligen Messe eingebunden.

Den absoluten Höhepunkt an priesterlicher Entrücktheit hatten für meine Kinderseele die sogenannten Stillen Messen gebildet. Nicht nur, dass der Priester lateinisch betete und uns den Rücken zuwandte, er sprach auch alle Gebete still und machte höchstens für Evangelium und Segen eine kleine Ausnahme. Für mich als Kind extrem langweilig, war die stille Messe doch ein regelmäßiges Muss, da diese in den wenig besuchten Frühmessen gehalten wurden, die in unserer Familie wegen der anschließend noch möglichen Sonntagsausflüge oft gewählt wurden.

Nicht sofort, aber doch langsam und stetig wurde auch die geschlechtliche Aufteilung der Messbesucher abgelegt.

Männer rechts, Frauen links, zumindest für uns Kinder fand diese Grundstrategie in St.Theresia noch lange Zeit statt. In Haag kann ich mich an eine solche Regel seltsamerweise gar nicht mehr erinnern, da hatte ich eher den Eindruck, dass die Männer grundsätzlich hinter den Bänken oder überhaupt ganz außerhalb der Kirche standen. Da es in St.Theresia aufgrund der Klostersituation keinen Mangel an Priestern gab, war beim sonntäglichen Kindergottesdienst auch jeweils ein Pater zur Stelle, der uns vor der Messe vorzubereiten suchte, während der Messe aber alle Kräfte mobilisieren musste, um uns ruhig zu halten.

Ein paar Jahre später begann die „→Hirschgartenzeit", die ich, was Kirchenbesuche anbelangte, fast ausschließlich auf dem Vorplatz der Clemenskirche in der Renatastraße zubrachte. Zu viel gab es in der Clique zu erzählen und zu vereinbaren, als dass man den Weg ins Kircheninnere gefunden hätte. Meine Mutter hatte in der Zwischenzeit mit den Patres der Theresienkirche gebrochen und so besuchten meine Eltern jetzt die Gottesdienste in St. Laurentius in Gern. In dieser Nachkriegskirche waren Oratorianer beheimatet, eine Kongregation der katholischen Kirche, die besonderen Wert auf lebensnahe Seelsorge legte. Worte und Ablauf der sonntäglichen Messfeier waren irgendwie intensiver und moderner und veranlassten mich über Jahre hinweg, wieder regelmäßig den Sonntagsgottesdienst zu besuchen. Manche dieser „modernen" Elemente wie der Verzicht aufs Niederknien während der Wandlung oder das Weglassen des Kreuzzeichens vor dem Evangelium, haben sich inzwischen in vielen Kirchen durchgesetzt und erinnern mich noch immer an diese Zeit der intensiven Erfahrung des Wortes Christi.

Die Eisenbahn

Für meinen Vater war die Eisenbahn sein Leben. Sie war nicht nur der Dreh- und Angelpunkt seiner 50-Stunden-Woche, sie war auch das normalste und selbstverständlichste Mittel, um in der Freizeit von A nach B zu gelangen. Mein Vater besaß zwar einen Führerschein – er hatte ihn während seiner Zeit beim Militär auf dem LKW gemacht – er hat ihn aber im zivilen Umfeld nie genutzt und auch nie ein Auto besessen. Als Hobby dagegen hat die Eisenbahn meinen Eltern nie gedient. Sie war da, sie war sehr wichtig, aber sie war vor allem Mittel zum Zweck. Sie musste uns dorthin bringen, wohin wir wollten. Eine Zugfahrt auf einer schönen Strecke nur um der Landschaft oder vielleicht sogar der Züge selbst willen wäre für meine Eltern undenkbar gewesen. Das Höchste der Gefühle war, wenn mein Vater meine erkennbare Bahn-Liebe berücksichtigte und mit mir z.B. einmal auf dem Führerstand (das durfte er berufsmäßig) eines Schnelltriebwagens ET 403 bzw. einer E03 nach Würzburg und zurück fuhr, um mir die neuesten Errungenschaften der Deutschen Bundesbahn zu zeigen.

Das Thema Modelleisenbahn oder eine anderweitige Beschäftigung mit der Eisenbahn in der Freizeit hat meinen Vater nie interessiert. Darauf angesprochen, hat mein Vater stets versichert, die Eisenbahn tagein, tagaus in seiner Arbeit würde ihm voll und ganz reichen. Das war sicher nicht gelogen, aber zu einem großen Teil lag es bestimmt auch daran, dass er einfach nicht willens und vielleicht auch nicht fähig war, sich neben Beruf und Familie noch mit einem Hobby zu beschäftigen. In späteren Jahren, nach seiner Pensionierung, als die Familie immer wieder versuchte, ihn zu solchen Beschäftigungen zu animieren, hat uns –

und sicher auch ihn – diese seine Unfähigkeit viele Nerven gekostet.

Bei mir war die Sachlage komplett anders. Wenn auch in der Kindheit und Jugend fast ausschließlich mit der Bahn unterwegs, fieberte ich doch meinem 18. Geburtstag entgegen, um endlich den Führerschein machen zu können und mit dem Auto das ultimative Maß an Freiheit zu erfahren. Das Auto war mein bevorzugtes Verkehrsmittel und nicht zuletzt durch die Arbeit in der Automobilindustrie bin ich in meinem Leben sicher schon annähernd eine Million Kilometer damit gefahren. Trotzdem bin ich der Eisenbahn in meinem Herzen immer treu geblieben und habe sie nach meinem Eintritt ins Arbeitsleben schon sehr bald zu meinem Hobby gemacht. Eine nicht gerade kleine Modellbahnanlage ist auf dem Dachboden in Ergolding entstanden und ein kleiner Teil meiner Freizeit wurde und wird damit verbracht, speziell Nebenstrecken, die trotz vieler Stilllegungen europaweit noch in Betrieb sind, abzufahren.

Meinen Vater konnte ich dafür leider nie begeistern. Wie oft habe ich vergeblich versucht, ihn in irgendeiner Art und Weise für die Unterstützung meines Modellbahnprojektes zu gewinnen! Er hätte mir mit seinem Hintergrund und seinem technischen Verständnis eine große Hilfe sein können und ihm hätte es eine Beschäftigung gegeben, aber außer einem lapidaren „Sche is!" war ihm darüber hinaus kein weiterer Kommentar zu meiner Anlage zu entlocken.

Das kenn ich doch

In den 80-er Jahren war der Angeluskreis Mitglied im Deutschen Sängerbund und meine Wenigkeit durfte dabei als Kassier fungieren. Deshalb war es nicht verwunderlich, dass eines Tages ein offizieller Brief des Sängerbundes in meinem Briefkasten lag. Mir wurde mitgeteilt, dass ich mit einigen anderen Mitgliedern ausgewählt worden war, an einem kleinen Musikrätsel teilzunehmen. Eine Kassette mit zwanzig zu erratenden Musikstücken lag bei und mir blieben drei Wochen Zeit, um die richtigen Titel der Stücke herauszufinden.

Als alter Rätselfreund war ich natürlich mit Feuereifer bei der Sache. Ich selbst verfügte über eine gewisse Musiksammlung und vor allem – ich hatte viele musikalische Freunde! Was lag also näher, als die vielen Treffen zu nutzen, um den Freunden immer und immer wieder die unbekannten Stücke vorzuspielen. Mein Freund Wolfgang, durch seine immense Musikerfahrung und sein enormes Gedächtnis für diese Aufgabe prädestiniert, war leider beruflich unterwegs und nicht erreichbar. Die anderen hielten sich tapfer, hörten geduldig immer wieder zu, steuerten auch den ein oder anderen Tipp bei, aber die Ergebnisliste wollte und wollte nicht vollständiger werden. Am Ende waren die drei Wochen um und ich hatte gerade einmal vier der zwanzig Titel herausgefunden.

Kurz nachdem ich das schmachvolle Ergebnis trotz allem mutig eingesandt hatte, bekam ich einen Anruf mit der Mitteilung, dass ich das Rätsel gewonnen hätte. Die anderen hätten noch weniger gelöst und am kommenden Samstag wäre die Siegerehrung. Dass der Tag mit meinem Geburtstag zusammenfiel, wurde als doppelter Grund zum

Feiern hingenommen. Ich begab mich also am Samstag zusammen mit meiner Partnerin nach Karlsfeld ins Hotel Rothschwaige, um meinen Preis entgegenzunehmen. Dort angekommen, wies eine Tafel den Weg und ich betrat voller Erwartung den Raum.

Das große Hallo, das mich empfing, galt allerdings nicht in erster Linie meinem unvergleichbaren musikalischen Erfolg. Es galt allein meiner Person, meinem Geburtstag und meiner Dummheit, auf einen perfekten Scherz hereingefallen zu sein. Alle meine Freunde saßen im Raum, alles war von Anfang an getürkt, kein Sängerbund, kein offizielles Rätsel, Wolfgang war auch nicht auf Dienstreise, sondern zuhause hinter geschlossenen Vorhängen. Alle hatten Bescheid gewusst und meine hartnäckigen Vorspiel-Fragen geduldig ertragen. Der professionelle Anrufer war Wolfgangs Arbeitskollege gewesen und ich – ja ich war das dankbarste Opfer, das man sich vorstellen konnte.

Mit dieser Aktion hat mein Freund Wolfgang eine über Jahre andauernde Aufeinanderfolge von gegenseitigen Geschenken losgetreten, die uns viele erlebnisreiche Stunden beschert hat und die erst heute, im vorgerückten Alter, langsam zu versiegen beginnt. Die Erinnerung aber an diese Highlights lässt uns bei vielen Treffen immer wieder aufs Neue in die denkwürdige Vergangenheit eintauchen.

Der Krimi

Andere Leute schenken sich zum Geburtstag CDs oder Bücher, Blumen oder Wein. Zumindest was runde Geburtstage betrifft, hat mein Freund Wolfgang K. dies seit jeher kategorisch abgelehnt. Einige Wochen vor meinem Dreißigsten lag ein ominöser Brief in meinem Briefkasten, in dem mir von eben diesem Wolfgang ein ganz außergewöhnliches Geschenk angekündigt wurde. Alle meine Freunde würden für ein paar Wochen in spezielle Rollen schlüpfen, um mir den Handlungsrahmen für einen Krimi zu geben, in dem ich, das Geburtstagskind, natürlich die Hauptrolle spielen durfte.

Bevor es mir noch möglich war, mich innerlich auf ein solches Abenteuer einzustellen, ging es auch schon los. Alle üblichen Kommunikationswege zu meiner Umwelt wurden gekappt, ein mir bis dato unbekannter Freund namens Fritz war fortan mein täglicher Gast und Begleiter (er erinnerte mich allerdings äußerlich fulminant an Wolfgang) und schien sich als höchstes Ziel gesetzt zu haben, meinen Terminkalender lückenlos und ohne Rücksicht auf meine privaten Wünsche zu befüllen. Als Projektstart-Event gab es erst mal einen Partyabend, bei dem ich alle Protagonisten kennenlernen durfte und zusätzlich noch einen „echten" Mord bei einem Mörderspiel auflösen sollte. Letzteres gelang mir nur mit massiver Unterstützung, aber der Krimi selbst nahm gnadenlos seinen Lauf. Von verschiedenen Seiten wurden mir Probleme, Fakten und Vermutungen nähergebracht, die meinen Detektiv-Spürsinn anregen sollten und mein neuer Freund Fritz führte mich mit sicherer und überaus hartnäckiger Hand durch das Dickicht der Verstrickungen. Die nächsten Wochen waren für mich der pure Stress. Ich traf mich an den entlegensten Orten mit vielen Bekannten und Unbekannten, im Dampfbad, am Kanalkessel, am helllichten Tag und in dunkler Nacht. Ich stieg in für mich fremde Häuser ein, fuhr in einer Kiste versteckt im ratternden Kleinlaster, ich tauschte Koffer in Schließfächern und in Kinosälen, wurde in eine Verfolgungsjagd am Hauptbahnhof verwickelt und wurde von hinterhältig hübschen Frauen zuhause besucht. Alle Elemente des Kriminalfilmgenres erlebte ich dicht gedrängt in einem extrem kurzen Zeitraum. Nahezu täglich versuchte ich darüber hinaus, mit Fritz' Hilfe die Fakten, die ich erfahren hatte, zu ordnen und daraus die richtigen Schlüsse zu ziehen. Fritz sorgte gleichzeitig im Hintergrund dafür, dass alle Mitkämpfer ihre Rolle korrekt spielten und mir die richtigen und wichtigen Informationen zur rechten Zeit zukommen ließen.

Einige Tage vor meinem Geburtstag begann das Drama zu eskalieren. Meine Freundin wurde auf dem Heimweg von der Chorprobe „gekidnappt" und daraufhin zwei Tage bei Wolfgang „gefangen gehalten". Um das ganze Kriminalspiel aufzulösen, musste ich schließlich an meinem Geburtstag selbst um 5 Uhr morgens, als sizilianischer Pate verkleidet, im Kapuzinerhölzl erscheinen und den wahren Bösewicht entlarven. Nach einem kurzen Handgemenge war es soweit. Der Täter wurde gestellt, meine Freundin wurde wieder freigelassen und die ganze Truppe konnte im Café Schmalznudel am Viktualienmarkt in die Wirklichkeit zurückkehren.

Aus Fritz wurde wieder Wolfgang und nach und nach kam ans Tageslicht, wie spontan die Steuerung von Wolfgang war, was den Handlungsstrang des Krimis betraf. Er war mir immer nur um ein paar Tage voraus gewesen und täglich hatten alle aktuellen Mitspieler bei ihm angerufen, um die neuesten Anweisungen, meist wegen geänderter Bedingungen, zu erhalten. Aber jeder Teilnehmer wurde angehalten, alle Ereignisse zu protokollieren, und so konnte ich eines Tages einen gigantischen Ordner mit allen Unterlagen diese Jahrhundertevents in Empfang nehmen.

Da es für mich seit jeher Stress bedeutet, in andere Rollen zu schlüpfen (ein Alptraum: Rollenspiele in Seminaren), habe ich während der akuten Phase des Krimis sicher zu wenig Freude und Anerkennung für die tolle Leistung aller Beteiligten, in erster Linie natürlich Wolfgang, gezeigt. Mit dem nötigen Abstand aber ist die Erkenntnis klar zutage getreten, dass es sich bei diesem Krimi um das aufwändigste und beeindruckendste Geschenk handelte, das ich je erhalten habe.

Anhang 1: Meine Fahrten 1934-1939

Als ich den Nachlass meiner Mutter näher in Augenschein nahm, kamen unter anderem sechs Wachstuchhefte zum Vorschein, in denen sie in optisch harmonischer, aber de facto schwer entzifferbarer Sütterlinschrift eine Aufzeichnung über ihre Ferien- und Urlaubsreisen in den Jahren 1932 bis 1939 niedergeschrieben hat. Auf Fahrt zu gehen war für sie in jener Zeit wohl das Größte und so kommt es, dass sie alles andere wie das Leben in ihrer Familie oder das Verhältnis zu ihren Eltern und Brüdern nur ganz am Rande erwähnt und erzählerisch nur von einer Fahrt zur nächsten springt. Für mich als Sohn wären natürlich gerade diese anderen Themen von besonderem Interesse gewesen, aber das Bedürfnis, diese festzuhalten, hat wohl in ihren Teenagergedanken keinen Platz gefunden.

Zwangsläufig wird sich der Leser an der einen oder anderen Stelle fragen, wann genau sie die jeweiligen Erlebnisse niedergeschrieben hat. Diese Frage ist nicht mit letzter Gewissheit zu beantworten. Einerseits berichtet sie über Details wie Menüfolgen oder Bemerkungen von Freundinnen, die sich im normalen Gedächtnis kaum länger als ein paar Tage oder Wochen festklammern können. Andererseits spricht sie über manche Ereignisse rückblickend mit Bewertungen, die man nur aus einer deutlich zeitlichen Entfernung vornehmen kann. Unter Berücksichtigung all dieser Umstände muss man davon ausgehen, dass sie die Erinnerungen jeweils vielleicht ein halbes Jahr später niedergeschrieben hat. Die letzten Einträge sind jedenfalls nach Beginn des Zweiten Weltkrieges, etwa Ende 1939 oder Anfang 1940 verfasst worden.

Alle Aufzeichnungen von 1932 bis 1939 hier abzudrucken, würde nicht nur den Rahmen des Büchleins sprengen, sondern obendrein die akute Gefahr bergen, den Leser zu langweilen oder zumindest zu ermüden. Die Passagen wiederholen sich zwangsläufig, die vorkommenden Personen sind selbst mir zu 90 Prozent, dem Leser aber sicher nahezu vollständig unbekannt und der Stil selbst dient nicht unbedingt dazu, übergroße Spannung aufkommen zu lassen.

Noch ein Wort zur Orthografie und zur Wortwahl. Meine Mutter hat zeitlebens gerne so gesprochen wie ihr „der Schnabel gewachsen ist". Von diesem Leitsatz ist sie auch beim Schreiben und speziell beim Verfassen ihres „Fahrtenbuches" nicht abgewichen. Um dem Leser die damalige Zeit vielleicht noch etwas authentischer vor Augen zu führen, habe ich mich darauf beschränkt, offensichtliche Irrtümer zu korrigieren. Der Rest mag für sich selbst sprechen.

Auf alle Fälle geben die Aufzeichnungen doch einen kleinen Einblick in die Gedankenwelt eines Teenagers in den Dreißigerjahren des 20. Jahrhunderts wieder und so habe ich mich entschieden, einen kleinen Teil ihrer Schriften herauszugreifen, in der Hoffnung, einen repräsentativen Querschnitt gefunden zu haben.

ANHANG

Gertrud Fröschl

Meine Fahrten 1934 – 1939

Auszüge

Inhalt

1934 - Pfingsten in Reichersbeuern

Die nächste Fahrt mit dem BDM war unser Pfingstlager 1934 in Reichersbeuern (östl. Bad Tölz, HFR). Am Samstagmittag zogen wir mit einem Lied vom Rotkreuzplatz ab. Ich trug den Wimpel. In Reichersbeuern angekommen, stellten wir uns, ich glaube es waren über 1000 Mädel, zu einer langen Marschkolonne auf und zogen singend ins 10 Minuten entfernte Dorf ein. Unsere Mädelschaft marschierte an der Spitze, weil wir immer am besten sangen. Dann verteilte man uns gleich in Stadel. Wir kamen zu dem Bauern gleich oberhalb des Berges. Das Wetter war ganz unbandig. Draußen war richtig Frühling, als wir gegen Abend im Dirndl zum nahen Schloss marschierten, wo wir verköstigt werden sollten. Die österreichische SA übernahm diese und ich muss sagen, sie war ausgezeichnet. Es gab einen pfundigen Tee mit Marmeladebrot. Es war ein netter Anblick, als die vielen, vielen Mädels in den bunten Dirndlkleidern auf der großen Wiese standen, jede eifrig in den Fraß vertieft. Die ganze Einwohnerschaft war natürlich versammelt und guckte uns interessiert zu. Dann gings bald heim in den Stadel. Das war ein Gewurschtel in dem aufgeschütteten Stroh! Bis da endlich Ruhe herrschte! Aber endlich war es dann doch so weit.

Anderen Tags, am Pfingstsonntag, war bereits um ½ 6 Uhr Wecken. Schnell aus dem Stroh und zum Waschen! Da stand bald alles Schlange, weil für 40-50 Mädels nur ein Brunnen zur Verfügung stand. Dann hieß es antreten zum Morgensport. Auf einer nahen Wiese, die uns als Sportplatz zur Verfügung gestellt wurde, wurde nun 20 Minuten Gymnastik gehalten. Dann rasch anziehen und gemeinsam traten wir in Kluft zur Fahnenhissung beim Bürgermeister an.

Hernach gabs auf dem Schloss das Frühstück: Kakao, Hörndl und Brot. Wie das schmeckte! Bei den vielen Mädels dauerte so etwas immer furchtbar lang. Dann traten wir zum Kirchgang an. Hernach sammelten wir uns auf dem Sportplatz. Wir setzten uns in einen großen Kreis und sangen Lieder. („Ich habe Lust im weiten Feld" usw.) Zu rasch verging die Zeit. Das Wetter war einfach pfundig, die Stimmung sehr gut. Dazu blühte um uns herum alles, die Vögel sangen, wer soll da nicht lustig sein? Mittags gab es Nudelsuppe, Kalbsbraten, Kartoffel und Brot. Ein feines Mahl, dazu lagerten wir alle um das Schloss, das auf einer kleinen Anhöhe stand. Ein nettes Bild muss das gewesen sein. Nach Tisch war wegen der Hitze Lagerruhe. Erna besuchte ihre Tante und nahm mich mit. Bei ihr konnten wir uns einmal richtig satt trinken. Es sind sehr nette Leute.

Nachmittags spielten wir auf dem Sportplatz, es war furchtbar heiß. Nach dem Abendessen, als es schon anfing zu dunkeln, versammelten wir uns alle ums Feuer. Die Funken stoben in den sternenklaren Himmel hinauf, während unsere Obergauführerin, die alle Lager besuchte, über die große Bedeutung des BDM sprach. Prasselnd krachte der Holzstoß zusammen, während unsere Lieder ausklangen. Die Führerinnen nahmen dann die Vereidigung und die Wimpelweihe vor. Es war ganz unbandig. Auch die Dorfbewohner, die zum Zuschauen gekommen waren, waren ganz still. Sehr spät gings in die Klappe.

Der nächste Morgen war wieder wunderschön. Nach Frühsport, Frühstück und Kirche war Freizeit. Zuerst sangen wir, dann setzten wir uns an die Straße und winkten jedem Auto, das vorbeikam, und jedes Mal wurde auf unsere Heilrufe stürmisch geantwortet. Das war ein Hauptspaß. An diesem Tag gabs statt Kalbs- Schweinsbraten, sonst verlief die Tischzeit und der Speisezettel wie sonst, das schönste aber war immer, wenn wir mit einem frischen Lied durch den Ort marschierten und die Leute freundlich lächelnd und grinsend immer und immer wieder aus den Häusern kamen. Nachmittags marschierten wir zu einem Geländespiel in die Umgebung von Reichersbeuern, die übrigens sehr schön ist. Es gab eine Schnitzeljagd, die allerdings für uns, die wir das Lager gegen den Feind zu schützen hatten, sehr langweilig war. Zuerst warteten wir eine Stunde, dann brach der Feind durch und zwar gemeinsam. Wir konnten keine schlagen. Dann wurde noch Blumen gepflückt, gesungen, geschwatzt und Viecherei gemacht. In Reichersbeuern angelangt, gab es noch ein Abschiedsessen, das aus schwarzem Kaffee und einem Ripperl und Brot bestand. Ich brachte diese Sachen ins Krankenquartier, wurde dabei von einem Österreicher angepöbelt, der andauernd sang: „Mädle, ruck, ruck, ruck an meine grüne Seite".

Dann hieß es Abschied nehmen von unserem netten Stadel, dessen Ausgang von zwei mächtigen Tannen überschattet wurde, unter denen wir so manche nette Stunde verbracht hatten. Wieder gings nach der Fahneneinholung im Marschtempo mit einem Lied, Rucksack und Wimpel dem Bahnhof zu. Schon pfiff der Zug und wir rollten München entgegen. Aus dem Fenster winkten wir noch eifrig den zu Fuß heimkehrenden Pfingstausflüglern zu, es wurde gegessen und gesungen. Alles war braun und guter Dinge. In München stellte sich unsere Gruppe noch einmal auf und unter klingendem Gesang zogen wir dem Rotkreuzplatz zu. Die Leute mögen die Köpfe schütteln über diesen „Heroismus" Uns war das gleich, und wenn es schon 10 Uhr war. „Wenn die bunten Fahnen wehen, geht die Fahrt wohl übers Meer" usw. tönte es über die Straßen. Am Rotkreuz-platz erfolgte wie üblich die Auflösung und jedes Mädel bewegte sich tief befriedigt heimwärts.

Wieder daheim: Wir machten indessen fleißig bei Helma Dienst. Jeden Mittwoch um halb acht am Rotkreuzplatz, dann marschierten wir, wenn's nicht zu wenig waren, in die Zentralwerkstätte. Im Juni feierten wir Helmas Geburtstag. Das war eine aufregende Angelegenheit. Helma ahnte gar nichts. Als sie, durch unser Ränkespiel verspätet, eintrat, war sie natürlich geschlagen. Der Tisch war weiß gedeckt, mittendrauf eine Ananastorte. Jede hatte 1 Pfund Keks mitgebracht, diese standen in großen Schalen rundherum. Auf jedem Platz stand eine Flasche Limonade mit einem Strohhalm, auch von uns gestiftet. Dazu brannten die Kerzen. Ein Haserl aus Bast stand noch da. Wir stimmten an: „Wir sind der Ostmark verwegene Schar" und „Und in dem Schneegebirge". Spatz trug nun, mit einem mächtigen Jasminstrauß unterm Arm das von mir gemachte Gedicht „d'Hasi" vor. Dann gabs ein Fressgelage bis um 11 Uhr. Helma hat sich unbandig gefreut.

1935 - Ostern – Voralpenfahrt

Als nächstes folgte die Osterfahrt 1935. Diese Fahrt war überhaupt meine pfundigste. Schon die Vorbereitungen waren für mich furchtbar aufregend. Herbergsausweise mussten besorgt werden, Jugendherbergen bestimmt und ein so ungefährer Küchenzettel hergestellt werden. Als erstes Ziel wurde Holzkirchen bestimmt, dann wurde bei der Backdie heftig eingekauft, eingepackt und am Dienstag, den 8. April sollten wir 3, nämlich Helma, Spatz und ich uns am Rotkreuzplatz treffen. Wer nicht, wenigstens nicht sofort, später aber dann in Zivilkleidung ohne alles erschien, war sie. „Bei dem Wetter?", war ihre Frage. Das ließen wir nicht gelten. Nach zweistündiger Verspätung gondelten wir endlich los, nachdem es mittlerweile schon zu regnen anfing. Das Wetter wurde immer schlechter; und als München hinter uns lag, goss es. Unentwegt radelten wir weiter, km um km verschwand unter unseren Reifen. Endlich war Holzkirchen erreicht, doch – O Tücke des Schicksals – die Jugendherberge war vor ganz kurzer Zeit wegen Baufälligkeit geschlossen worden. Dazu fuhr Spatz gerade vor Holzkirchen ein Loch ins Hinterrad, so dass unser nächster Weg der zum Mechaniker war. Wo ist die nächste JHB? War die brennende Frage! Schaftlach, gut, 1 Stunde mit dem Rad. Wird gemacht.

Es dämmerte bereits, als wir Holzkirchen verließen. Das Wetter schien sich aufzuhellen. Endlich war Schaftlach erreicht, doch niemand wollte etwas von einer JHB wissen. Dunkel wars, naß waren wir, hungrig und müde. Da wir Kluft anhatten, wandten wir uns an die BDM-Führerin, welche uns endlich dann bei furchtbar netten Privatleuten ein Zimmer mit einem Bett, „Hansels Zimmer", verschaffte. Jetzt wäre es mir peinlich, irgendwelche netten Leute zu beanspruchen, aber damals war ja Helma die Führende und was Helma tat, war immer gut. Die Leute bewirteten uns noch, wir konnten unsere nassen Sachen aufhängen, es war urgemütlich. Sie hatten auf dem Boden noch ein zweites Lager errichtet. Helma bot sich in „heroischer" Weise an, auf dem kalten Boden zu schlafen. Spatz und ich zogen uns während der Nacht im Bett andauernd die Zudecke weg.

Am nächsten Morgen war das Wetter wunderschön.

Nach einer gründlichen Toilette und Blusenwaschen gingen wir in die Küche, wo die Leute schon die Schuhe geputzt und den Kaffee gerichtet hatten. Dann gabs einen dankbaren Abschied. Die Tochter begleitete uns noch ein Stück. Lustig singend und übermütig fuhren wir in den wunderschönen Morgen hinein. An einer Quelle wurde Halt gemacht, geknipst usw. Alle Leute, denen wir begegneten, freuten sich über unsere strahlenden Gesichter. Der Tegern- und Schliersee haben mir unbandig gut gefallen. Bald ließen wir Hausham und Schliersee hinter uns und landeten in der Jugendherberge Josephstal. Außer sieben Münchner Mädels war niemand da. Die Umgebung war ja so schön. Frühling war, was brauchts da noch lange Erklärungen. Am liebsten hätte man gejauchzt, sich ins Gras gelegt, sich gewälzt und wieder gejauchzt. Aber wir habens natürlich auch getan. Auf Fahrt fühle ich mich immer am wohlsten. Alles läßt man daheim, Sorgen um die Kleider, um die Schule. Glücklich, ohne Zeit, ohne Stundenschlag lebt man dahin, man nimmt alles wie's kommt. Schönes und Unschönes, letzteres nicht so selten. Da heißt es dann, Selbstständigkeit zeigen und sich von unerwarteten Dingen nicht überraschen lassen.

Wir blieben übrigens nicht lange allein. Ein Junge aus Krefeld kam getippelt, mit Tornister, in fünf Tagen ist er heruntergekommen. Natürlich jedes Auto angehalten. So kann man leicht weit kommen. Er war blond, blauäugig, ein bisserl dick. Bald war eine gute Kameradschaft geschlossen, als er nach dem Mittagessen mit uns durch die Gegend bummeln ging. Das war eine Viecherei. Er verstand uns nicht um die Welt, während wir ja den Norddeutschen bekanntlich ganz gut folgen können. Wat denn? Kann ick nich vastehn? Fragte er die ganze Zeit. Dann setzten wir uns noch vor die Herberge und redeten dumm daher, was uns nicht schwer fiel. Er wurde von uns Wamperl genannt und erzählte ziemlich viel von seiner nordischen Heimat. Die anderen Münchner Mädels nannte er nur die „sieben Ziegen". Uns gefielen sie auch nicht besonders. Der schöne Nachmittag ging bald rum. Gegen Abend kam noch ein anderer Gast, ein Münchner Schifahrer, F. Wamperl war schon früher weggegangen, um in Schliersee seine „Cousine" zu besuchen.

Als wir nun noch einen Abendbummel machten, fragte F., ob er mitgehen könne. Klar, dass wir einverstanden waren trotz der Stielaugen der sieben Ziegen. Auf dem Weg begegneten wir Wamperl, der sich uns ebenfalls anschloss. Das gab nun eine lustige Debatte. F. redete mit Fleiß recht münchnerisch, Wamperl konnte mit dem besten Willen nichts verstehen. Da gab es Missverständnisse, z.B. das mit dem „Bett der Cousine". Ich hab noch selten so gelacht. Die Abendstimmung war pfundig. Sternenhimmel über uns, vor uns der durch die beleuchteten Fenster wie durch Glühbirnen umkränzte See. Einfach pfundig. Helma ging mit Wamperl voraus, ich mit F. und Spatz hinterdrein. F. war pfundig. Er hat mir unbandig imponiert. Ein richtiger Sportsmensch, der jede Freizeit im Gebirge verbringt. Ich hab mich auch sehr gut mit ihm unterhalten. Er gehörte sicher zu denen, die im Mädel z.B. nicht das Mädel, sondern den Kameraden sahen. Abends machten wir noch Spiele und sonst viel dummes Zeug.

Der nächste Morgen, ein Donnerstag, war wieder wunderschön. Die Lager in Josephstal sind unbandig hart. Aber wir hatten einen Schlafraum allein, das war ganz angenehm. Dann gings an die Morgenwäsche und ans Anziehen. Nach dem Frühstück gingen wir zur Post, um Geld zu holen, dann an den See. Es war wunderschön. Gegen Mittag kehrten wir heim. Es gab natürlich wieder einmal Makkaroni. Einen ganz großen Topf voll haben wir gemacht, denn wir erwarteten meine Brüder. Aber sie kamen nicht. So mussten wir den Topf alleine aufessen. Danach waren wir alle um fünf Pfund schwerer geworden.

Helma war an diesem Tag komisch. Ich glaube, sie war etwas verliebt in Wamperl. Und der erst in sie? Zum Quietschen. Mittags saßen wir wieder beisammen. Gestern sang er immer: „Min Oma, die hätt mit nem Neger bussiert" usw., heute: „Glücklich ist, wer vergisst, was nicht mehr zu ändern ist". Dabei schaute er immer Helma an. Dann zeigte er uns Bilder, die er gemacht hat, mit dem Messer so eingeritzt und dann gemalen. Jede bekam eins. Helmas Bild stellte ein brennendes Herz dar mit der Unterschrift: „Schenk dein Herz für keine Krone, schenk es dem nur, der dich liebt, schenk es dem nur, der zum Lohne dir sein eignes wiedergibt." Bei mir steht droben: „Dein ist mein ganzes Herz". Ich habe es noch. Wamperl verkauft sie, wenn er kein Geld mehr hat. Da wollte F. gleich bei den sieben Ziegen anfangen, packte die Schachtel und sauste los. Aber Wamperl hinterdrein und so gabs ein lustiges Geraufe.

Mittlerweile kam auf einmal Ernstl hereingeschneit. „Heil dir Mucki!" Er sah pfundig aus. Braun, ganz blond, Knickerbocker, Schistiefel, Windbluse, vorn offen, Ärmel aufgekrempelt und um die Mitte rum die Felle gewickelt. Scheinbar habe ich ihn ziemlich angestrahlt, denn die anderen glaubten nicht, dass er bloß mein Bruder sei. Er fuhr zuerst mit meinem Rad nach Josephstal zum Bahnhof, dann kam er wieder zurück. Mit ihm unser Bruder Rudi. Nach einer Weile brachen wir auf: Helma, Spatz und ich, Ernstl, Rudi. Sie nahmen uns mit in ihre HJ-Schihütte. Helma mit

Ernstl voraus, dann ich mit Spatz und Rudl, so stiegen wir in eifriges Gespräch vertieft auf den Spitzingsattel. Bald war der See und dann die Hütte erreicht. Auf der waren noch ein paar andere. Ernstl war der Kapo, Rudl spülte ab, nachdem die anderen gegessen hatten. Tomatensoß mit Spaghetti, zuerst Reissuppe. Flinse war Oberkoch. 14 Tage lang hat er nicht umsonst jeden Tag daheim unter Leitung seiner Mutter das Abendessen bereitet. Dann gabs ein Gespräch, lustig und dann setzten sie uns Tee und Wurstbrot vor. Flinse konnte gar nicht genug kriegen von den Mädchen, die da waren, andauernd schaute er uns an. Dann sang man wieder, natürlich wieder „die kleine Möwe", die uns so andauernd begleitete.

Das ist komisch, aber wahr. Auf jeder Fahrt hat man ein Lied oder Schlager, den man andauernd singt; er verfolgt einen direkt. Die HJ-Hütte ist übrigens idyllisch. Sehr kleiner Tagesraum, noch kleinerer Schlafraum mit 14 Lagern in- und übereinander gekastelt. Aber trotzdem ist Platz. Die Schränke sind alle neu gebaut. Ein großer Herd spendet Wärme. So wars recht gemütlich. Helma und ich spielten mit den anderen Mühle. Später holte Rudl Milch, Flinse kochte Pudding, der aber trotzdem er in den Schnee gestellt wurde, nicht recht kalt war. Um ½ 10 blies man zum Aufbruch. Nach ein paar soliden Stürzen landeten wir unten. Ernstl und Rudl hatten uns begleitet. Der Abstieg war pfundig. Vor der JHB markierte Helma einen verstauchten Fuß und die HB-Mutter schimpfte nicht einmal, dass wir so spät kamen. Dann gings aber schnell in die Klappe.

Der nächste Tag, Freitag, war nimmer so schön und furchtbar windig. Heut sollte es ja weitergehn! Endlich brachen wir am Mittag auf. Es gab noch einen recht traurigen Abschied und wir drei fuhren neuen Erlebnissen entgegen. Wir waren sehr übermütig, fuhren kreuz und quer auf der Straße, sangen, johlten. Auf den Kopf hatten wir die schwarzen Schultertücher gebunden. Spatz seines ist nur Taft. Der hintere Zipfel wollte immer nicht drinbleiben. Die anderen zwei Enden hatte sie fest in die Zöpfe verknotet. Ein wunderbares Bild bei dem Wind.

Endlich erreichten wir Reichersbeuern. Ernas Tante tischte uns reichlich auf, Hefenudeln mir Kaffee. Dann gings weiter nach Gaißach, wo eine JHB sein sollte. Doch Übermut tut selten gut: Gaißach war nur eine Sommerbehelfs-JHB. Also was nun tun? Es dämmerte bereits stark. Also weiter nach Lenggries, fast 1 ½ Stunden mit dem Rad. Dazu noch ein großes Unglück: Wir fuhren den Gaißacher Berg hinunter, ich voran. Da war plötzlich mitten im Weg ein Schotterhaufen. Ich kam gerade noch durch, drehte mich um und schrie sofort „Stop", aber zu spät. Ich hörte Bremsen knirschen, Räder scheppern, dumpfes Fallen -- dann Stille --„verdammt nochmal", Spatz brachte auch hier wieder ihren Leibspruch an. Endlich krochen die beiden aus dem Straßengraben. Gemeinsam wurden die Räder aufgestellt, doch o weh! Helmas Kiste funkte nicht mehr. Es war schon ganz dunkel und zu allem Überfluss fing es noch an zu regnen. Also schieben. Eine saumäßige Straße kam, Löcher, Regen, scheußlich. Ja, ja, Übermut tut selten gut.

Endlich kam Lenggries. Eine halbe Stunde suchten wir nach der Herberge und dann sagte die Herbergsmutter, sie sei besetzt. Wir ließen aber nicht locker und endlich nahm sie uns doch auf. Wir pflanzten uns in den Tagesraum, der voll von Münchner HJ war; ganz greusliche Kerle. Haben sich uns gegenüber furchtbar benommen. Also gings bald in die Klappe.

Als wir am nächsten Morgen frühstückten, lasen sie ein Witzblatt vor mit dem Titel „Nächtlicher Überfall auf eine JHB". Endlich kamen wir dann drauf, dass sie damit uns meinten, nämlich unser spätes gestriges Erscheinen. Einfach blöde. Mittags hellte sich das Wetter auf und so beschlossen wir, die JHB zu verlassen. Wir fuhren durch die Jachenau. Sie ist wunderschön. Jachenau selbst ist ein netter kleiner Ort. Dort rasteten wir. Dann gings ans Schieben. Endlos. Endlich erreichten wir gegen 7 Uhr den Walchensee. Er ist einfach unbandig. Mein Lieblingssee. Fast rundrum ist er von Wald umgeben, er ist ganz dunkelgrün. Im Hintergrund stehen die Berge. Damals übernachteten wir noch in der alten JHB Urfeld. Sie war sehr nett. Am Abend gabs einen pfundigen Pudding. Die Leute dort waren sehr langweilig.

Der nächste Morgen, Sonntag, war ziemlich schön. Spatz und ich fuhren als fromme Christen in die Kirche nach Walchensee, erreichten aber keine Messe. Dann gabs ein ausgiebiges Frühstück und dann gings los, Mittenwald zu. Da es furchtbar kalt war, zogen wir sämtliche erreichbare Kleidungsstücke an, doch nach einer Stunde Fahrt waren wir schon wieder bloß in Halbärmeln. Die Strecke ist ganz pfundig zum Fahren. Es geht ziemlich oft runter und rauf, aber immer zwischen Bergen. Einer ganzen Reihe von Wasserfällen sind wir begegnet. Eifrig wurde geknipst. Wir kamen durch Wallgau und Klais und endlich auch nach Mittenwald. Die Leute schüttelten in jedem Kaff die Köpfe über die Mädchen, die da, den Rucksack hinten auf dem Rad, einfach tagelang ihre Heimat durchstreiften. Wir ließen sie ruhig schütteln. Mittenwald ist pfundig. Besonders die Berge. Wir bekiekten auch die Kirchen usw. und im Gasthaus „Alpenrose" hielten wir ein einfaches

Mittagsmahl bei Knackwürstl und Brot. Dann organisierten wir uns noch Butter und Brot, um in Garmisch nicht ganz ohne Munition zu sein. Dann gings wieder weiter, km um km. Zuerst muss man schieben, stundenlang, dann aber gehts in einem Saus runter nach Partenkirchen. Auf dem Weg bekamen wir Anhang. Ein junger Mensch, der schon vier oder fünf Jahre oben auf der Zugspitze war und mit dem wir uns sehr angenehm unterhielten, fuhr mit uns. In Garmisch wies er uns noch den Weg zum Wankbahnhof, wo die JHB ist. Dann fuhr jeder wieder seiner Wege. Das ist das Pfundige auf der Fahrt. Man lernt Menschen kennen, überall, besonders in der JHB, man spricht mit ihnen und macht gemeinsam Turen. Man gewinnt sich oft sehr lieb. Dann aber trennen sich die Wege, dann ist es aus. Das ist aber am Schönsten. Die feinsten Menschen habe ich bis jetzt immer auf Fahrt kennengelernt.

Nun kommt das große Erlebnis Garmisch. Schon bis man die JHB findet. Sie liegt auf halber Höhe, in einem kleinen Gässchen, mitten zwischen kleinen Häusern. Quer über den Weg hängt Wäsche. Ein kleiner Bach fließt lustig ins Tal. Ein richtiges Spitzwegidyll. Das erste was wir sahen, war ein bildhübscher Junge (aus Berlin) in Manchesterhosen, der mit noch ein paar Jungens vor der JHB stand. Natürlich wurden wir gehörig beglotzt, wir waren zufällig, wie sich hernach herausstellte, die einzigen „Gören" in der JHB. Aber geholfen haben sie uns nicht, als wir mit vielen Mühen die Räder im Radstall verstauten. Dann gings zur HB-Mutter. Frau Meier ist eine energische kleine Frau, die ganz allein diese belebte JHB verwaltet. Jedem Jungen wird sie Herr, und wenn er noch so frech ist. Dann suchten wir den Tagesraum. Dazu brauchten wir nicht lange, denn schon vor dem Haus hörten wir ein Geschrei *und Gejohle, ein Singen und Pfeifen. Diesen Tönen gingen wir nach, öffneten die Tür und wurden mit Geschrei empfangen. Wir drückten uns scheu in eine Ecke und mussten nur grinsen über die Witze der anderen. Fünf Minuten später aber saßen wir schon beisammen und spielten „Kommando Pimperle" und ähnliche Gesellschaftsspiele.*

Nun lernten wir die bunt zusammengewürfelte Gesellschaft näher kennen. Außer dem Berliner Hübschen, der in unserem „grimmigen" Klima ständig an Magenweh litt, waren noch drei Mannheimer da. Mannheim 1 sang andauernd Arien von Faust und Götz von Berlichingen, so laut, dass beinahe das ganze Haus wackelte. Ein zünftiges Haus war Reichssender Hamburg; rief man ihn an, so ließ er das Hamburger Pausezeichen „Tantara" hören. Eine Mordsgaudi. Zwei Schwaben waren noch da, sie hatten immer Bauchweh. Einer war sehr nett, eine Art „Mausi"-Typ, der guckte mich andauernd an, ich ihn ebenfalls. Leider fuhr der am nächsten Tag schon weg. Die Hauptperson aber war Reichssender München Nr. 1. Ein richtiges Viech. Andauernd redend, Witze machend, dass man aus dem Lachen nicht mehr herauskam, dabei aber ein pfundiger anständiger Kerl. „Auf ins Grab, die Würmer locken", war sein Leib- und Magenspruch. Dazu sang er andauernd das schöne Lied: „Alte Möpse beissen.".

Also, so war die Gesellschaft. Es waren schon noch mehrere da, aber an die kann ich mich nicht mehr erinnern. Abends kamen noch 2 Ulmer Brüder, zwei nette Menschen. Am selben Nachmittag blieben wir, soviel ich mich erinnern kann, daheim, d.h. in der JHB. Es war ein einziger Witz. Wir redeten alle nur per Reichssender. Helma war München 2, ich 3, Spatz 4. In Garmisch aßen wir fast immer kalt, da wir keine Kochgelegenheit hatten. Dazu wars sowohl draußen als auch im Tagesraum kalt. Das war doch ziemlich ungemütlich.

Zwischen unserem und dem Schlafraum der Jungen befand sich nur eine dünne Bretterwand voller Astlöcher. Schon beim Ausziehen funselten sie die ganze Zeit umeinander, richtig schrecklich. Und erst dann. München 1 kommandierte: Im Gleichschritt marsch! Alle pumperten nun mit den Fäusten an die Wand. Dieser Lärm!?! Dann hieß es: Maschinengewehr los! Nun ein heilloses Brüllen und Hinhauen mit den Fäusten, dass grad alles so schepperte. Das ging so eine Weile lang zu. Dann kam Frau Meier und in fünf Minuten war Ruhe.

Der nächste Tag war mäßig. In der Früh tranken wir Milch. Mittags gabs Suppe. Zwischendurch schlenderten wir mal so durch die Stadt, schauten dies und jenes an. Nachmittags fuhren wir an den Eibsee, die Mannheimer 1 und 2 und München 1 bis 4. Das war eine Viecherei! Zuerst kamen wir an den Badersee. Er ist wunderschön, ganz grün und doch klar. Auf dem Grund schwimmt eine Nixe und in der Mitte liegt eine malerische Insel. Mannheim 1 knipste einen feinen Schwan. Dann fuhren wir in der pfundigen Umgebung weiter. Überall schon etwas frisches Grün, dazu schöner Wald und Sonne. Später kamen uns die 2 Ulmer entgegen. Zusammen gings nun zum Eibsee. Die Räder mussten wir einsperren. Zu Fuß stiegen wir ein altes Wegerl empor. Helma ging mit Mannheim 1, ich mit München 1, Spatz mit den Schwaben. München 1 erzählte mir viel aus seiner Schulzeit. Er war übrigens auch ein „Mausi"-Typ. Ich verstand mich auch recht gut mit ihm. Trotz seiner groben Witze war er ein ganz feiner Kerl. Einmal pochte er leise an, ob wir uns in München nicht einmal treffen sollten. Als ich aber nicht darauf einging, sagte er auch nichts *mehr. Ganz pfundig. Mannheim war lang nicht so pfundig. Endlich erreichten wir den Eibsee. Er ist ganz unbandig. Sein Wasser dunkel, ringsum Wald, darüber die schneebedeckten Berge und über dem Ganzen ein blauer, halb bewölkter Himmel. Alles knipste eifrig. Als Helma gerade in ihren Foto guckte, knipste sie Mannheim 1 ganz nah. Das Bild versprach er zu schicken. Es ist natürlich bis heut noch nicht da.*

Dann setzten wir uns auf eine Bank, d.h. soweit wir Platz hatten. München 1 sorgte immer für Unterhaltung. Über alles machte er Witze, über uns, über andere Leute, über Hunde usw. Ziemlich spät traten wir dann den Heimweg an. Ich hätte mich ganz gern mit dem älteren der beiden Ulmer angefreundet, aber beide waren furchtbar schweigsam. Dann holten wir unsere Räder und mit Hallo gings den Berg hinunter. Die Leute schauten grad so.

In der JHB aßen wir dann zu Abend, wobei wir uns wieder einmal ein wenig stritten. Dann saßen wir noch recht gemütlich beisammen. Ein Baseler war inzwischen noch angekommen. Auch ein ganz fabelhafter Mensch, gebürtig in Schanghai. Mannheim 1 sang wieder Arien aus dem Faust, den er ständig bei sich hatte, oder er fing wieder an: „Ich als alter Nationalsozialist…“ oder „Was sind die Tugenden eines Nationalsozialisten? Treue, Glaube und…“? „Bescheidenheit“!?, brüllte dann der ganze Chorus. Mannheim war ein ziemlich blödes Haus, Hamburg war immer ziemlich still, aber ein feiner Kerl. Berlin war bereits abgehaun, da ihm sein Magenweh auf die Nerven ging. München 1 führte wieder das große Wort. Wir kamen aus dem Lachen nimmer raus. Wenn eine von uns was fragte, dann war seine Antwort: „Ihr, mei ihr auf die billigen Gallerieplätz…“. Dann gings ins Bett. Es waren inzwi-

schen noch zwei Kölner Mädels angekommen. Ziemlich doof. Ein Junge war noch da, ein ganz besonderes Haus, aus Norwegen. Zuerst machte er uns den Hof, der Hirsch. Als ihm Helma einmal einen Knopf annähte, war er des Dankes voll. Am Montag aber machte er sich an die anderen Mädels ran. Natürlich schaute die Männerwelt wieder interessiert durch die Astlöcher, als wir uns ausziehen wollten. Helma stopfte ihren Schlafsack in das Loch, doch, o Schreck, München 1 zog ihn durch und machte hinten einen Knoten rein. Wir zogen natürlich aus Leibeskräften, weil wir das nicht wussten und zogen so den Knoten immer fester zusammen. Eine Stunde murksten sie dann drüben rum, bis sie ihn wieder aufbrachten.

Am nächsten Morgen, Dienstag, wollten wir eigentlich schon weiter. Dann aber beschlossen wir, mit den anderen aufs Kreuzeck zu gehen, da das Wetter so wunderschön war. Helma zog meine Stiefel an und dann gings los. Singend und Mundharmonika spielend zogen wir durch die Stadt. Dann kam der Riessersee und dann gings aufs Kreuzeck. Der Weg war pfundig, gewürzt durch die immerwährenden Witze von München 1. Helma bekam bald Blasen, worüber ich mich schrecklich ärgerte. Aber eigentlich war ich richtig feig. Anstelle mit Helma zu gehen, lief ich immer ziemlich vorn. Schweiz war der einzige, der sich dabei pfundig benommen hat. Bald kamen wir an die Schneegrenze. Es wurde wieder viel geknipst. Endlich erreichten wir den Gipfel. Die Aussicht war einfach pfundig, besonders gegen die Alpspitze. Dann gings wieder hinunter. München 1 rutschte die ganzen Schneefelder auf dem Hosenboden hinunter. Er hatte ja eine „Lederne" an. Helma, Spatz und ich kamen eine Stunde nach den Übrigen in der JHB an.

Der nächste Tag war weniger erquicklich. „Schnürlre-
gen!" Am Vormittag stampften wir nochmals nach Gar-
misch und am Nachmittag gings nach einem mächtigen
Abschied fort. Der Däne begleitete uns hinunter und half
beim Rucksackaufschnallen und dann gings der Heimat,
d.h. Uffing zu. Nach Stürzen, vielem Schieben und ganz
nass erreichten wir es endlich. Da wir ganz allein in der
Herberge waren, setzten wir uns zu den Herbergseltern
und verbrachten mit ihnen einen recht lustigen Abend.

Der nächste Tag war wieder schlecht. Gegen Mittag
machten wir uns auf den Weg. Die HB-Mutter begleitete
uns. Dabei mussten wir nochmal flicken. Dann gings aber
wirklich in heimatliche Gefilde. Unterwegs trafen wir einen
Füssener, der flicken musste und dem wir halfen. In Starn-
berg kauften wir uns noch um die letzten Pfennige zwei
Semmeln, jede natürlich. Wir stellten uns in eine Ecke und
aßen, aßen. So einen Hunger hatten wir gehabt. Gegen
Abend passierten wir in München ein. Diese Fahrt war ent-
schieden meine pfundigste.

N.B.: München 1 habe ich leider nie wieder gesehen.

1935 - Volkstanz

Dann kommt etwas zünftiges, der Volkstanz. Am Montag, den 21.Oktober traten wir dazu das erste Mal im HJ-Heim, Leonrodstr. 5, an. Es gab natürlich wieder viele Hindernisse, die aber bald beseitigt waren und bald stand die Volkstanzgruppe mit 12 Paaren; jeden Montag wurde geübt. Diese Abende waren jedes Mal ein Witz. Ein großer Teil der Jungens stellte sich anfangs furchtbar blöd an. Mein Partner war ein ganz netter Kerl.. Die Abende und Vormittage waren einfach idyllisch. Einmal geschah etwas Kühnes. G. zog mir den Stuhl weg, sodass ich mich vor allen Jungens mitten auf den Boden setzte. Er hat sich aber danach entschuldigt. Das hat mir imponiert.

Inzwischen kam der Aufführungstag, der 30.November, heran. Schon vorher nähten wir für das Theater, das auch aufgeführt werden sollte. Eine richtige Hetze. Bei der Hauptprobe am Samstagnachmittag klappte gar nichts. Einfach furchtbar. Aber am Abend dafür umso besser. Der Volkstanz stand einfach pfundig; der Einsprung, der sonst nie funktionierte, klappte wie am Schnürl. Enorm einfach. Dazu die Jungens im weißen Hemd, in der Ledernen, weiße Strümpfe, wir im Dirndl, ebenfalls mit Zöpferlstrümpfen. Die Leute klatschten furchtbar, die HJ schrie und johlte. Wir fühlten uns hernach gewaltig, als wir im Dirndl durch den Saal stakten und alle Leute uns anschauten. Der Volkstanz hatte, wie wir zu unserer Freude feststellten, allgemein gefallen.

1936 - Führerschule in Bad Wiessee

Am Samstag, den 4. April stapften wir in der Früh zum Bahnhof. Dort wimmelte es von BDM-Führerinnen und so hatten wir bald Anschluss gefunden. Bald erreichten wir Egern. In einem gemeinsamen Marsch gings nach Bad Wiessee. Vom Ort aus muss man noch 20 Minuten einen Waldweg hinaufsteigen und droben, mitten zwischen lauter Wald und Wiesen, auf halber Höhe, liegt das Häusel. Es ist nicht groß, aber nett und freundlich. Als erstes hissten wir unsere Fahne, die Fahne der Deutschen Jugend, die über dem ganzen Lager wehte. Am Morgen als Erstes die Fahne hissen, am Abend als Letztes sie einholen. Unter diesem wehenden Tuche ließ es sich gut kameradschaftlich zusammenarbeiten.

Unsere zwei Köchinnen waren schon vorher da. Drum gabs auch gleich ein feines Mittagessen. Kartoffelsuppe und Nudeln mit Tomatensoße. Nach dem Essen gingen wir auf eine Wiese und Erika unterrichtete uns in Erster Hilfe. Das war sehr interessant. Von diesem Augenblick an hat mir Mandi schon gefallen. Ich wußte sofort, was für ein pfundiger Kerl sie ist, obwohl sie sehr unnahbar erscheint. In Wirklichkeit ist das aber nicht so. Sie ist ein pfundiger Kamerad. Später gingen wir nach Wiessee zum Turnen. Auf dem freien Spielplatz machten wir Gymnastik, das war pfundig. Aber dann fing es plötzlich furchtbar zu schütten an. Schnell stellten wir uns zur Kolonne auf und zogen singend durch den Regen. Bald nahm uns das schützende Dach unserer Hütte auf. Erika ist ein ganz feines Mädel. Nach dem Abendbrot lernten wir noch Lieder. Dann wurde die Fahne mit einem Lied eingeholt und dann gings in die Klappe. Erika wünschte noch allen eine gute Nacht.

Am Sonntag ging es um halb 6 raus aus der Klappe. Dann Kirchengang, Fahnenhissung und Morgenkaffee. Dazu gab es anfangs Marmelade, später leere Brote. Dann machte Erika mit dem Erste-Hilfe-Kurs weiter. Auf einmal geht die Türe auf und Wiltrud kommt herein. Das gab eine mächtige Begrüßung. Sie war ja unsere eigentliche Kursleiterin. Hernach gingen wir in die Scheune und machten Volkstänze. Dann gings zum Mittagessen. Das Mädel vom Dienst, das jeden Tag ein anderes ist, musste vor und nach dem Essen ein Lied anstimmen, morgens und abends antreten lassen usw. Ein anderes Mädel übernahm täglich den politischen Wochenbericht. So ging alles am laufenden Band. Überall herrschte eine pfundige Disziplin.

Nach dem Essen am Sonntag hielt Wiltrud eine Schulung über Partei und Staat. Dann gings wieder zum Turnen. Bad Wiessee hat eine pfundige Schule mit einem feinen Turnsaal. Nebenbei gibt es noch Brausebäder und Fußwannen. Einfach mächtig. Nach einem fabelhaften Abendessen hielten wir einen bayrischen Heimabend.

Am Montag fand nach der Morgengymnastik wie jeden Tag die Fahnenhissung statt. Dann wurden zuerst die Klappen gebaut. Ein Teil ging in den Waschraum, andere kehrten den Schlafraum, wieder welche putzten Schuhe. Alles war gut eingeteilt, sodass wir immer ziemlich rasch zum Frühstück kamen. Eines war auch immer sehr nett: Das Mädel vom Dienst musste um 6 Uhr ein Lied anstimmen, in das dann jede, die aufwachte, miteinstimmte, bis der ganze Schlafsaal sang. Dann setzten wir uns um den großen Tisch zum Frühstück. Hernach hielt Wiltrud ihre politische Schulung ab, dann gings wieder nach Wiessee zum Turnen. Im Sauhaufen den schmalen Weg bis zum Ort hinunter und dann in Marschkolonne. Das Turnen war immer recht nett.

Erika weiß alles so einzurichten, dass man an Allem Geschmack findet. Mandi und ich haben uns hernach die Füße gewaschen, wobei ich ihr Handtuch und Seife geliehen habe. Eins ist ganz pfundig an ihr, dass sie zu jedem Mädel gleich nett ist.

Dann freuten wir uns auf den Mittagstisch, das Essen war sehr gut und reichlich. Außer Frühstück, Mittag- und Abendessen bekamen wir um 10 Uhr und um 4 Uhr geschmierte Brote und Pfefferminztee. Nach Tisch war immer etwas Freizeit. Am Montag hatte ich Küchendienst. Nachmittags begann die Fahrtenschulung von Mandi. Sie erklärte uns die Landkarte. Dann bekam jede einen Kompass. Er wurde uns genau erklärt und dann mussten wir im Freien Strecken damit abgehen. Mandi gab jedem Auskunft und so lernten wir die Schose bald. Dann gings wieder nach Wiessee, eine Stunde Volkstanz, eine Stunde Turnen. Ich möchte bloß wissen, wie oft wir den Weg hinauf und hinunter gemacht haben. Dann war etwas Freizeit. Wir stiegen auf eine Anhöhe und besahen uns das Häusel von oben. Abends hielt Wiltrud einen Heimabend aus der Kampfzeit. Einfach sauber. Dann wurde mit einem gemeinsamen Schlusslied die Fahne eingeholt.

Am Dienstag ging alles wieder wie gewöhnlich. Nach der Ersten Hilfe und nach Tisch gingen Erika, Wiltrud und Mandi fort. Sie bereiteten das Geländespiel vor. Jede bekam einen Kompass. Mit dem musste man bestimmte Strecken gehen, um dort den Zettel mit der Schrittanzahl und der Richtung für die nächste Strecke zu finden. Alle 5 Minuten wurde eine Gruppe losgelassen. Erna und ich waren die vorletzten Mädels. Als wir gerade einen Zettel verdammt lange suchten, lief Mandi vorbei. Sie hatte den letzten schon weggelassen und lief zum Ziel. Diese Haltung, *wie sie läuft, ist einfach pfundig, ich sehe Mandi heute noch vor mir. Endlich erreichten wir das Ziel und wurden mit einem Tannenzapfenregen begrüßt. Das war eine Gaudi. Dann machten wir noch ein Geländespiel. Zwei Parteien wurden gebildet. Die einen hauten ab und mussten am Wege irgendetwas Naturwidriges machen, z.B. einen Stein aus seiner Lage bringen oder ein Birkenreis an einen Tannenbaum stecken. Wir mussten das dann ausfindig machen, was uns auch größtenteils gelang.*

Am Mittwoch war das Wetter wunderschön und wir hielten unsere Morgengymnastik auf der Prinzenhöhe ab. Die Prinzenhöhe ist ein Grasbuckel mit einem kleinen Aussichtshäuschen. Von ihr sieht man den ganzen Tegernsee. Am Mittwoch aber wars besonders schön, denn unter uns war Nebel und nur der Kirchturm von Wiessee schaute heraus. Mandi holte Wiltrud, damit sie es auch sehen konnte. Mandi ist einfach pfundig. Auch Wiltrud, die ich sonst nicht so gern gehabt habe, habe ich in Wiessee erst richtig kennengelernt. Leider stieg der Nebel und der Himmel verdüsterte sich etwas. Trotzdem wanderten wir nach Rottach und nach Tegernsee. Dort setzten wir uns auf ein Geländer am See und sangen. Es war so wunderschön. Der See spiegelglatt, einfach mächtig.

Mit einem Motorboot fuhren wir wieder zurück. Es war einfach pfundig. Wiltrud und Mandi jodelten. Das war sehr schön. Nach Tisch verzogen wir uns auf eine Anhöhe und verdauten. Nicht weit von uns lag Mandi, was natürlich mein Interesse auf sich zog. Dann kamen zwei Obergaureferentinnen. In der Prinzenhöhe hielten sie uns Vorträge über Sozialarbeit im Bund und über Wandern. Das war sehr interessant. Dazu waren wir im Freien und konnten die Natur genießen. Für Wandern in unserem Untergau ist

Mandi zuständig, Sie passt ganz dazu. Thema des Heimabends war das Frauentum, doch war man am Abend immer schon furchtbar müde. Am Mittwoch war die erste Fahnenwache.

Am Donnerstag gabs wie gewöhnlich politische Schulung und Erste Hilfe. Nach Tisch waren wie gewohnt Turnen und Volkstanz angesagt. Der letztere verlief sehr lustig. Da Wiltrud nicht dabei war, hielten wir anschließend eine geheime Sitzung. Wir machten aus, wie wir am Ostersonntag Wiltruds vorverlegten Geburtstag würdig feiern wollten. Dann stiegen wir mitten durch Gebüsch und Wald auf unseren Berg und suchten Palmkatzerl. Wir hielten uns natürlich wieder in der Nähe von Mandi auf. Das war eine wilde Fahrt. Palmkatzerl fanden wir allerdings keine. Oben auf der Höh', an einer netten Stelle, lernten wir das Lied: „Es tagt der Sonne Morgenstrahl". Das war ein bedeutsamer Augenblick für mich, denn Mandi sang mit mir das Lied vor, da ich es zufällig kannte. Später war nochmals Erste Hilfe, aber ich war nicht recht bei der Sache. Ich schaute lieber Mandi und Wiltrud zu, die das Zelt für die Fahnenwache aufstellten. Mandi kann das alles pfundig. Zum Auspolstern holten wir dann noch Tannenzweige, die, von den Eichhörnchen abgebissen, massenhaft in unserem Wald unter den Bäumen lagen.

Am Abend war ein Nachtmarsch. Einfach enorm. Alles war so still, nur die Bäume rauschten. Über uns ein sternenbesäter Himmel. Es gibt nichts Schöneres auf der ganzen Welt als die Natur, als mit Menschen, mit denen man sich gut versteht, auf Fahrt zu gehen, mit ihnen Freud und Leid zu teilen. Es geht nichts darüber, wenn manche auch oft anderer Meinung sind.

Auf der Prinzenhöhe hatten wir einen fabelhaften

Ausblick. Vor uns lag der See, ganz von Lichtern umgeben, über uns der funkelnde Himmel, so dass man gar nicht unterscheiden konnte, wo die Grenze zwischen See und Himmel war. Mandi und Wiltrud sangen hier das Lied: „Es war an einem Abend spät", dann jodelten sie noch eine Weile, ganz groß! In der Nacht legten wir noch Wiltruds Bett auseinander, was ein großes Hallo gab. Von 4 bis 6 Uhr früh hatte ich Fahnenwache.

Wenn man so unter dem knatternden Tuche steht, so in aller Früh, dann kommt einem erst richtig zum Bewusstsein, wie sehr man dieser Fahne verbunden ist und man weiß, dass sie einen nie und nimmer loslässt. Ich werde der Fahne die Treue halten, mein ganzes Leben lang, indem ich immer treulich meine Pflicht erfülle, im BDM im Besonderen, aber auch sonst überall. Nicht weil ich ihr zugeschworen bin und weil mich dieser Eid bindet, nein, weil es meine heiligste Überzeugung ist, dass die Idee dieser Fahne uns das geben wird, was Generationen vielleicht vermisst haben. Man muss ein starkes Herz haben in dieser Zeit und einen aufrechten Sinn. Ich will es immer bewahren und mich durch nichts anfechten lassen.

Am Freitag war vormittags wieder Schulung, nachmittags Sport. Am Ostersamstag gings nach dem Frühsport und –stück gleich zum Turnen. Nach dem Essen schwindelten sich Erika und Mandi davon, um für Wiltrud einzukaufen. Wir bastelten einstweilen Tischkarten, jede für ihre Nachbarin eins. Ich hatte sogar noch eins für Mandi gemacht. Aber da waren natürlich noch andere da, die ebenfalls eine für Mandi gemacht hatten. Da warf ich meine weg. Dann malten wir noch Eier an. Es war sehr hübsch. Am Abend schlugen wir noch lang umeinander, sodass ich lange nicht schlafen konnte.

Am Ostersonntag war draußen alles weiß. Um ½ 6 standen wir auf und gingen in die Kirche. Mandi ging auch mit. Hernach durften wir Erika helfen, den Tagesraum zu schmücken. Ich schrubbte die Tische und Bänke. Mandi band das Buch ein. Erika pappte auf einen viereckigen Karton Kerzen und schmückte die Lücken mit Moos aus. Der ganze Raum wurde mit Schlüsselblumen und Palmkätzerl verschönert. Dann wurde aufgedeckt und die Tischkarten gerichtet. Um halb 10 traten wir an der Fahne an. Dann zündete Erika die Kerzen an und wir gingen alle hinein. Wiltrud war natürlich baff. Dann gabs ein lustiges Osterfrühstück und hernach suchten wir im Speicher Osternester. Das war ein lustiger Schmaus. Der Ostermorgenspaziergang durch den Schnee war einfach pfundig. Die Tannen bogen sich unter der Schneelast und nicht selten bekamen wir etwas auf den Kopf.

Nachmittags machten wir Laienspiele. Mandi machte den König von Palermo. Wie sie mich, den Hirtenknaben, anblitzte, das werde ich nie vergessen. Gegen Abend machten wir Schreibspiele und andere sammelten Holz fürs Feuer. Dieses war ganz pfundig. „Der Kampf nur macht das Leben lebenswert." War mein Feuerspruch. Die Flammen glitzerten im Schnee. Dazu die Aussicht. Fein! Hernach sprangen wir übers Feuer. Um 1 Uhr war Nachtalarm. Von den Schlafenden war ich die erste.

Am Montag war herrliches Wetter. In aller Frühe schon machten wir einen Spaziergang nach der Prinzenhöhe. Wieder lagen Nebel über dem Tal. Doch diesmal hoben sie sich und das Wetter hielt an. Gleich nach dem Frühstück wanderten wir dann alle los. Mandi trug natürlich den Rucksack, das hat mir wieder unbandig imponiert. Sie nahm ihn sogar mit, als sie einen Abstecher nach dem

„Freibauern" machte, um für ein Mädel, das sich den Fuß übertreten hatte, telefonisch einen Arzt herbeizuschaffen. Lustig marschierten wir auf der Landstraße dahin, frohe Lieder auf den Lippen. Dann gings im Sauhaufen weiter. Ich ging natürlich bei Mandi an der Spitze und die anderen waren bald abgehängt. Zuerst stiegen wir auf den Riederstein, von Egern-Rottach aus. Von dort hatten wir eine fabelhafte Aussicht. Natürlich wurde wieder gesungen und gejodelt nach Noten.

Dann gings weiter, um über die Baumgartenschneid den Schliersee zu erreichen. Da bemerkten wir plötzlich, dass zwei Mädel abhandengekommen waren. Wir suchten lange nach ihnen, konnten sie aber nicht finden. Von der Baumgartenschneid aus war eine ganz mächtige Aussicht. Die schneebedeckten Berge und darüber der Himmel, ein paar weiße Wolken in dem tiefen Blau, einfach schön. Dann wurde Mittag gemacht und nun gings den Berg im Laufschritt hinunter, dem Schliersee zu. Dort trafen wir auch unsere beiden Mädels wieder. In einem Wirtshaus gabs Milch, Limonade und Brot. Unsere Füße brannten furchtbar von Schnee und Sonne.

Als es bereits zu dämmern anfing, brachen wir auf. Über den Kühzaglweg wollten wir den Tegernsee erreichen. Die Abendstimmung war ganz groß, die Sonne ging langsam unter zwischen roten und weißen Wolken, dazu um uns die schöne Natur. Zwischen dem erst frisch gefallenen Schnee grünten schon kleine Wiesenflecke ganz frühlingsmäßig und die Luft duftete nach Sonne, Wald und Frühling. Wir gingen wieder an der Spitze, Mandi war nicht dabei, und sangen in einer Tur. Endlich, als wir Enterrottach erreichten, war es schon stockdunkel und wir saumüde. Ein Motorboot nach Wiessee war nicht mehr zu erreichen. Also ordneten wir uns zur Marschkolonne. Mit einem zackigen Lied gings durch den Ort und weiter auf der dunklen, einsamen Landstraße. Nur ab und zu huschten die Lichtkegel eines Autos gleich eines rasch verschwindenden Gespensts über den glatten Asphalt. Alle alten Kampflieder wurden aus dem Gedächtnis gekramt. Das gab Kraft und brachte Schwung in die Reihen und so erreichten wir doch nach 1 ½ Stunden Marsch Bad Wiessee.

Als wir endlich hundemüde und mit fast letzter Kraft unser Häusl erreichten, war noch nicht einmal aufgedeckt. Wir beschlossen, „blutige" Rache zu nehmen. Nach Tisch stellte es Wiltrud jedem frei, sich hinzulegen oder aufzubleiben. Mandi, Wiltrud, Gini, ich und viele andere blieben noch auf. Wir brannten Wiltruds Kerzen noch einmal an und machten aus dem herunterlaufenden Wachs Armringe und ähnliches. Wir schwätzten dummes Zeug und waren auch richtig müde. Da beschlossen wir, als es schon nahe an Mitternacht ging, als Rächerbund „die Hundehütte" das faule Küchenmädel zu rollen. Also trollten wir uns hinauf in den Schlafsaal, doch, o Schreck, von der Tür war die Klinke abgezogen und wir konnten nicht hinein. Nach langem Hin und Her stieg Wiltrud endlich mit Hilfe von vielen Tischen und Bänken aus dem Tagesraum ins Führerzimmer ein und öffnete uns. Wir zogen die Trainingsanzüge an und dann wurde im Führerzimmer Führerrat gehalten.

Nach einigem Hin und Her gingen zwei schnell hinaus, warfen dem ahnungslos schlafenden Küchenmädel eine Decke über den Kopf, packten sie und in nullkommafünf lag sie im Führerzimmer auf einer bereitliegenden Matratze auf dem Bauch und 18 Fäuste trommelten auf ihr herum. Da sie aber stark schrie, packten die beiden sie wieder an Kopf und Füßen, warfen sie schnell mitsamt den Decken *auf ihr Lager und eilten wieder ins Führerzimmer. Die Tür zu, das Licht aus, wir verhielten uns ganz still. Als das Mädel endlich aufhörte zu wuiseln, machten wir wieder Licht und nun wurde der Rachebrief geschrieben: „Du wurdest gerollt wegen erstens, zweitens…", alle Schandtaten und Unsauberkeiten wurden säuberlich aufgeschrieben. Das Blatt wurde rot eingekränzelt und so war blutige Rache genommen. Dieses Dokument fand das Mädel am nächsten Tag wehklagend in der Küche. Sie weiß heut noch nicht, wer sie gerollt hat. Dann legten wir uns zu neunt auf die eine Matratze im Führerzimmer und unterhielten uns noch. Dann musste alle Viertelstunde leise eine in die Klappe verschwinden. Um ½ 3 Uhr kam ich endlich ins Bett.*

Am Dienstag wurde unser nächtliches Erlebnis streng geheim gehalten. Das Küchenmädel war furchtbar schlechter Laune. Da das Wetter schön war, turnten wir auf einer Wiese nahe dem Haus. Misslich war nur, dass der Ball auf den schrägen Wiesen allzu oft davonsprang, aber wir konnten auch schnell laufen. Dann war politische Schulung, ebenfalls vor dem Haus.

Nach Tisch gings leider schon ans Einpacken. Dann gingen wir noch hinunter nach Wiessee und ließen uns im Café Limo und Hörnderl gut schmecken. Zum Schluss versammelten wir uns noch ein letztes Mal um die Fahne, um mit deren Einholen unser pfundiges Lager zu beschließen. Es war uns traurig zumute, da wir dieses Häuserl mit dem Fahnenplatz davor nun verlassen mussten, aber wir haben von diesem Lager viel mitgenommen. Das größte Erlebnis war das der unbandigen Kameradschaft, die bei uns herrschte. Von allen Teilnehmerinnen gefielen mir am besten: Mandi, Erika und Wiltrud. Letztere gab beim Fahneneinholen jeder noch einmal die Hand zur Bekräftigung des Versprechens, dass wir alles hier Erlebte hinaustragen sollen unter unsere Kameradinnen, damit auch sie von der Begeisterung und Treue zur Fahne erfasst werden sollten, von der wir so erfüllt waren.

Dann marschierten wir nach der Bahnstation und unter lustigem Singen rollte der Zug heimwärts. Am Bahnhof in München gabs ein großes Abschiednehmen, dann ging jede heim. Erst am nächsten Tage kam mir richtig zum Bewusstsein, was wir an dem Lager gehabt hatten. Ich entbehrte die Fahne, das Singen vor und nach Tisch, den Sport und vor allem die Kameradinnen. Wenn wir jetzt oft noch Mädels aus Wiessee treffen, dann geht unser Reden immer wieder auf das Lager zurück. „Weißt Du noch, damals in Wiessee!".

1937 - Neujahrsfahrt nach Josephstal

Meine erste längere Fahrt mit den Jungmädeln! Ich habe mich unbandig darauf gefreut. Das neue Jahr ging also gut an.

Am 2.Januar des Jahres 1937 trafen wir uns, nämlich Pauline, Elfi, ich und viele andere am Holzkirchner mit Rucksack und Klampfe und dann gings los. Im Josephstal lag noch Schnee, das machte uns nichts. Alleweil lustig und fidel, viel in der frischen Luft, immer singend, zu allem Unsinn bereit, so verliefen die Tage. Am ersten rodelten wir. Am Sonntag gings nach Schliersee. Abends liefen wir in den Schnee hinaus und sangen und jodelten gegen die Berge, dass es nur so widerhallte. Am Montag gings schon anders. Neun Jungens aus München, die auch in der Herberge waren, freundeten sich mit uns an. Am Anfang hab ich sie alle zusammen nicht leiden können. Denn am Sonntag gingen sie mit zwei Mädchen, die ich übrigens auch kannte, zum Schifahren. Ich glaub, am liebsten hätten sie sich in die zwei hineingelegt. Bis Sonntagabend waren also die Jungens überhaupt undefinierbar. Erst als die Mädel weg waren, kam es zu einem kameradschaftlichen Zusammensein. Also am Montag war ein pfundiges Wetter. Nach der Morgengymnastik und einem pfundigen Frühstück saßen wir vor der JHB und sonnten uns. Drinnen in der Küche brodelten die Töpfe zum gemeinsamen Eintopf. Es wurde viel geknipst, gelacht, geschlafen, auch gestritten, (die Jungens untereinander). Mittags rückten die Jungens die Tische zusammen zu einem großen Viereck. Wir sangen ein Lied, ich sagte einen Tischspruch und dann gings an den Fraß.

Nachmittags machten wir nun gemeinsam Spiele, zuerst das Wechselspiel, wobei ich eine Bank zusammenhaute. Beim Speckschneiden holte mich der Wastl (auch Peps genannt). Ich glaube, dass ich es noch nicht recht gemerkt habe, dass er sich in mich verschossen hat. Aber er ist auch nicht so wie die anderen Jungens, die sich das Verliebtsein gleich auf 10 Stunden merken lassen. Später losten wir aus, welches Mädel mit einem Jungen zum Bahnhof gehen darf. Mein Begleiter wäre Ludwig gewesen. Aber es wurde leider nichts daraus, da ja die neun Jungens untereinander stritten. Vier waren nett, das war der Peps und drei andere. Die haben sich dann verabschiedet und sind abgehauen. Bevor die Jungens weggingen, sangen wir noch ein paar HJ-Lieder: z.B. „Es dröhnet der Marsch der Kolonne", da gehörten wir alle pfundig zusammen, denn da waren sie HJ und wir BDM.

½ Stunde später sind wir dann auch losgegangen, um

einzukaufen. Die Straße war pfundig eisig. Wir fassten uns an der Hand und 1,2,3... rutschten wir über den Asphalt. Das war eine Hetz! Eigentlich wollten wir gar nicht an den Bahnhof, aber das Schicksal wollte es so und so befanden wir uns plötzlich am Bahnhof bei den Jungs. Eigentlich war es saublöd. Dann kam nochmal ein „rührseliger" Abschied, ein gegenseitiges „Ausmachen" und dann fuhr der Zug davon. Der Tag war überhaupt ein großer Witz mit vielen Folgen.

Am Dienstag stiegen wir nachmittags zum Spitzingsee hinauf. Vormittags holten wir „Rosswürscht". Die lange Kette von 16 Würsten packten wir an beiden Enden und zogen so, in der anderen Hand eine Gurke, heimwärts. Der Endeffekt war ein Rudel Hunde, das uns andauernd nachlief.

Auf dem Weg zum Spitzingsee fiel Pauline aufs Köpfchen und renkte sich dabei einen Arm aus. Das war eine Bescherung! Elfi ging gleich mit ihr zum Arzt, wir anderen stiegen weiter und taten uns in einer Alm bei Butterbrot und Klampfenspielen gütlich.

Der schönste Tag war der letzte, der Mittwoch. Pauline blieb zu Hause, Elfi, ich und noch ein paar andere wanderten nach Bayrischzell. Das Wetter war pfundig, aber schattig wars auch. Bayrischzell ist ein nettes Nest. Wir schauten es uns gründlich an. Am besten waren die Keks. Auf dem Heimweg wurden die anderen per Auto mitgenommen. Elfi und ich gingen zu Fuß, Hand in Hand heim. Das war unbandig. Der Wendelstein leuchtete in den letzten Sonnenstrahlen. Die Wiesen und Felder waren noch ganz mit Schnee bedeckt. Bald kamen die Sterne und da fingen wir halt wieder zu singen an, was wir immer tun, wenn die Stimmung pfundig ist. Plötzlich kamen wir an eine Wald-

schmiede. Der Schmied hämmerte gerade über dem offenen Feuer ein Beil. Die Funken stoben in die dunkle Nacht hinaus. Am Abend machten wir noch ein paar lustige Laienspiele wie den Schorsch, Kammerfensterln usw.

Am Donnerstag hieß es scheiden. Das war bitter. Wie am Ende jeder Gemeinschaftsfahrt stellten wir uns in der Nähe des Bahnhofs in einem Kreis auf und nahmen wieder neuen Mut mit heim, Mut für die kommende, arbeitsreiche Zeit. Beinahe hätten wir noch den Zug versäumt. Unter lustigem Gesang gings heimwärts. Wieder eine pfundige Fahrt. Ob ich besser nicht mitgefahren wäre? Ich weiß es nicht.

1937 - Peps und ich

Am Montag drauf traf ich Peps wieder. Wir gingen zusammen ins Kino und zwar in den Film: „Wenn wir alle Engel wären". Es war ganz nett. An diesem Abend war noch die Sache mit dem herzförmigen WHW-Abzeichen. Von mir war das sicher nicht Absicht, aber Peps glaubt sehr wenig und vermutet viel. Er ist ein ganz pfundiger Kerl, vor dem ich ziemlich viel Achtung habe und der sehr viele Eigenschaften hat, die mir unbandig imponierten. Er ist still und ruhig, aber nicht langweilig. Er kann unter Umständen verschlossen sein wie ein Rätsel, dessen Lösung man erst ergründen muss.

Dabei ist er furchtbar stolz und man kann ihn leicht verletzen. Er nimmt die Dinge mit einem Ernst auf, der über sein Alter weit hinaus ist. Und seine Liebe zu mir war so ernst, so rein und unverfälscht, dass ich jetzt noch erschauere, wenn ich dran denke. Drum fiel ihm der

Abschied auch so unsagbar schwer. Hübsch ist er eigentlich nicht, aber pfundig sieht er aus. Das schönste an ihm ist sein Mund und seine Zähne, die wie eine Reihe echter Elfenbeinperlen glänzen. Gewöhnlich hatte er seine schwarze Kurze an und ein kurzes Poloschijäckerl. Das hat mir immer so gut gefallen. Es war doch eine schöne Zeit.

Eins ist doch komisch, dass alle, die sich in mich verlieben, derselbe Typ sind. Immer blond, glatte Haare, halt ein richtiger Mausi-Typ. Das kommt nicht von Maus, sondern, von einem Jungen, meinem ersten Verehrer, welcher Mausi hieß und auch so ein Typ war.

1938 - Fasching

Nun kommt die tolle Faschingszeit. Ich war bloß auf einem Ball, und zwar mit dem Betrieb in der Tonhalle. Die anderen Veranstaltungen waren mehr oder weniger im engen Kreise. Sehr nett war es auf dem Abend der Militärfliegerschule in Milbertshofen. Fast lauter norddeutsche Jünglinge waren es, alle noch furchtbar jung. Es war auch schade, dass sie nicht gscheid tanzen konnten, denn die Tanzfläche war einfach groß, ebenso die Kapelle. Allmählich tauten aber die Jungs schon noch auf und es wurde sehr nett. Jede hatte einen stillen Verehrer. Der meine hieß E. Ich schrieb ihm einmal, er ließ aber nichts mehr hören. Solide wie immer, sind wir schon um ½ 2 Uhr heimgekommen.

Am Mittwoch vor dem Faschingsdienstag war der Faschingsabend bei Peps. Er kam schon eine Zeitlang vorher plötzlich wieder einmal zu mir und lud uns für Fasching ein. Ich machte ihn mit Mila bekannt und sie nahm an. Am

Samstag vorher gingen wir zu sechst, Bobby war auch dabei, ins Heim in der Schleißheimerstraße und halfen dekorieren. Überall prangten rote Herzen und ein ganz schummeriges Licht brannte. Einfach kühn! Aber sehr schön. Die Jungs sind alle sehr nett. Peps ist ganz anders geworden.

Am Mittwoch, den 16.Februar, dampften wir alle los, 18 Mädchen. Mila ging auch mit. Das Heim war einfach pfundig gerichtet. Eine Bar gab's mit einer Menge Weinflaschen, Keks und Plätzchen, soviel wir grad essen wollten. Dazu einen ziemlich großen Tanzboden und zwei Gramolas. Zuerst kam L. als Reporter, hielt einen Vortrag und verkündete die 10 Faschingsgebote. „Ungeküsst sollst du nicht schlafen gehen!" hieß es einmal und das wurde eifrig befolgt. Dann hielt Peps noch eine „große" Ansprache, worin er betonte, dass Fasching sei und dass man da niemandem etwas übelnehmen dürfe. Er wüsste schon, warum. Dann ging die Tanzerei los. Es war einfach kühn und sehr dafeit. Mila hatte es Peps angetan und nach dem ersten Tanz busselten sie sich schon ab. Meine Gefühle kann sich wohl niemand vorstellen. Ich musste rausgehen und mich sammeln. Ich hatte ja kein Recht zu irgendetwas, aber es war für mich doch komisch. Die Stimmung stieg orkanartig an und Peps und die anderen nahmen die Mädchen gehörig her. Es war ein Witz. Getanzt haben wir wie der Lump am Stecken. Wein gab's in Hülle und Fülle.

Wir sangen und johlten und schrien. Es war ja Fasching. Ich habe später auch viel mit Peps getanzt und ich hab so viele Küsse von ihm gekriegt wie noch nie. Er war einfach toll. Und ich habe auch sofort gemerkt, dass er in der Zwischenzeit mit sehr vielen Mädchen gegangen ist. Leider. Und daran bin ich schuld. Einmal müssen wir uns noch auseinandersetzen. Was wohl da daraus wird. Manchmal reibt mich diese Sache schon greuslich auf, den armen Kerl noch viel mehr. Er hat sich überhaupt stark geändert, ist viel freier und noch viel, viel dickköpfiger geworden. Zwischen uns geht es noch einmal hart auf hart. Dieser Abend war einfach toll. So was habe ich noch nie miterlebt. Und doch hat es uns allen sehr gut gefallen. Um 2 Uhr sind wir schon gegangen. Ich glaube Peps hat die Hoffnung, dass es zwischen uns noch wird, aufgegeben. Warum? Ich habe mich so bemüht, nett zu sein. Aber warum kann er das nicht verstehen, dass ich das Schmusen unter so vielen Leuten nicht mag, wo wir doch allein schon so schöne Stunden erlebt haben. Mila ist verliebt in Peps, das merke ich. Mich schaut er dagegen nicht mehr an. Und ich weiß sicher, dass es ihm schwerfällt.

1938 - Berchtesgaden und Lenggries

Am Morgen fuhr ich mit dem Omnibus nach Berchtesgaden zu den Eltern. Meine Urlaubstage verbrachte ich dort in Berchtesgaden. Königssee, Ramsau, Obersalzberg, usw. waren meine Touren. Das pfundigste war die Schitour ins Wimbachtal mit Trudi. Sie ist ein ganz fabelhafter Kerl. Ich hab mich mit ihr sehr gut verstanden.

Am Samstagmorgen fuhr ich nach München zurück, nachmittags war nämlich die Fahrt nach Lenggries. Schnell gings heim, dann wurde eingepackt, umgezogen und gleich gings wieder fort, auf Fahrt, nach Lenggries. Um 3 Uhr traf ich am Bahnhof Beps mit seinen Leuten. Außer ihm waren noch Otto (Pöhlmann, HFR) und viele andere dabei. Die Fahrt war zwar einfach toll, genauso wie

jener Faschingsabend, aber ich glaube, dass von vornhe-
rein ein ganz falscher Ton geherrscht hat. Mila kam aus
dem Necken gar nicht mehr heraus, es war ein ewiges Hin
und Her. Es war eigentlich gar nicht so natürlich wie sonst.
Schon in der Bahn ließen sie andauernd den Gramola lau-
fen, einfach saudumm. Das Wetter war ziemlich mies. Wir
waren alle in Uniform, d.h. mit Schidress angetreten, die
Jungens in Räuberzivil, dickköpfig, wie der Beps immer ist.
Solang ging ja die Sache noch ganz gut. – Gegen 5 Uhr
erreichten wir die JHB. Wir wurden in den Speicher zu 40
Schulkindern verfrachtet, die Jungs bekamen einen eigenen
Schlafraum. Zuerst gab's natürlich eine Pfundsbrotzeit und
dann gingen wir alle hinaus in den Schnee, spazieren. Es
regnete und schneite halb, überhaupt ein ziemlich nasses
Wetter. Als es zu dunkeln anfing, machten wir kehrt. Es gab
noch eine richtige Gaudi, Schneeballen wurden geworfen,
Paula und ich spielten Liebespaar usw. Wie es halt immer
auf Fahrt ist. Sehr lustig war auch unsere Rutschpartie
über einen Steilhang auf dem Hosenboden. Alle miteinan-
der eingehakt, gings dann im Sturmschritt zur JHB. Wir
waren alle ziemlich nass und warfen uns deshalb in den
Trainingsanzug. Natürlich wurde zuerst gegessen und
dann gab's einen fidelen Abend. Der Gramola war zwar
ziemlich blöd, ewig diese Schlager, aber das Getanze war
ganz nett. Beps holte mich sogar einmal, <u>sogar</u>. Er ist über-
haupt seit dem Faschingsball furchtbar gnädig, schaut
mich kaum mehr an. Mir tat das in Lenggries furchtbar leid
und wenn ich mir alles gemeinsam Verlebte vor Augen
stellte, kam ich wieder in eine ganz dafeite Stimmung.

Später zogen wir um und setzten uns im Schlafraum der
Jungs zusammen. Mila und Beps wieder eifrig beieinander.
Zum Zeitvertreib rauften sie auch miteinander, was zum

Schluss einfach verheerend wurde. Mila kann sich so unmöglich benehmen, dass einem gleich grausen könnte. Bei ihr ist das Benehmen so wechselnd, dass man über sie überhaupt kein Urteil fällen kann. Einmal ist sie wieder ganz groß, dann wieder einfach verheerend. So saßen wir halt eine Zeit lang umeinander. Der Grammophon spielte bis zur trockenen Vergasung immer dasselbe Lied: „Auf der Rue de Madeleine de Paris" usw. Wenn ich das Lied hör', dann gehen mir 5 Mark ab. Um ½ 11 kam der HB-Vater und wir hauten uns dalli in die Klappen.

Wir schliefen bei einer Schulklasse im Speicher, was gerade weniger angenehm war. Trotzdem war das eine Nacht, die mir unvergesslich ist. Links von mir an der Wand schlief Mila, rechts Bobby, dann kamen Paula und die anderen. Das erste, was wir taten, war, dass wir gehörig auf den Sch...-Gramola schimpften und ihn und manches dazu zum Teufel wünschten. Da wir uns denken konnten, dass die Jungs ähnliche Gespräche führten wie wir, kamen wir auf die fabelhafte Idee, uns auf den Balkon zu schleichen und zu horchen. Langsam huschten wir hinaus und wollten die Treppe hinunter, aber halt, da rührte sich was. Aha, sie hatten Posten aufgestellt! Also Vorsicht. Langsam setzten wir uns auf die Treppe, die ganz verdammt knarrte. Wir flüsterten miteinander und meinten dabei schlauerweise, dass die Jungs das nicht hörten. Da gab's aber auf einmal großen Lärm, auf uns zu stürzten zwei Blendlaternen und vier Fäuste packten uns. Grad konnten wir uns noch ins Dunkel flüchten, schnell in den Schlafraum und die Tür zu. Wir gaben das Horchen ganz auf. Dafür lagen auf den Lagern vor unserem Schlafraum zwei von den Jungs die halbe Nacht und hörten sich unsere ästhetischen Gespräche mit an. Wir erzählten Witze, *schimpften, lachten, dass die ganze Bude wackelte. Endlich schliefen wir ein paar Stunden. Nach Mitternacht erwachte alles wieder und die Gaudi ging von vorne an. Wir hauten rum, dass die ganze Schulklasse aufwachte. Es war einfach kühn. Dass die draußen alles mitangehört haben, bezweifle ich nicht. Hoffentlich aber nicht meinen schönen Ausspruch von Götz von Berlichingen, der aber ihnen galt.*

Um ½ 6 Uhr waren wir schon wieder wach. Zuerst erklang natürlich unser Leib- und Magenlied: „Wenn im Tal die Rosen blüh'n!", dann führten wir den Boxkampf Schmeling – Ben Ford durch. Es war einfach furchtbar, wie es zuging. Ben Ford wurde trotz des eifrigen Flüsterns von Seiten Schmeling nicht „k.o.". So blieb der Kampf unentschieden. Um 8 Uhr erhoben wir uns endlich einmal von den Klappen und machten uns langsam an die Morgentoilette. Um 9 Uhr gingen wir zum Tee Einkaufen, dann wurde erst ein Tee gebraut und um ½ 11 Uhr waren wir schon abmarschbereit. Da aber von den Jungs nichts zu sehen war, hauten wir alleine ab. Das war ganz toll.

Zu acht eingehängt, alle in schwarzen Schihosen, in grauen Slalomblusen und unseren gscherten Tücherln auf dem Kopf marschierten wir singend durch Lenggries, dass es grad so eine Freud war. Die Leute schauten uns alle nach. Es regnete und schneite halb. Der Schnee war ganz nass, aber pfundige Schneeballen ließen sich daraus machen. M. und ich spielten Paul und Paulinchen, jede machte einen anderen Unsinn. Der Wald war unbandig schön. Die Äste der Bäume wiegten sich tief unter der schneereichen Last, die durch die eingetretene Wärme schon hie und da zu rutschen anfing. Es gab jedes Mal ein Mords-Hallo, wenn eine so eine Pfundsladung aufs Haupt bekam. So stapften wir halt durch den Wald, führten Frei-

lichtdramen auf und hatten eine Pfundsgaudi. Gegen 1 Uhr kamen wir heim und da lagen die „gnä' Herrn" schon wieder auf der Klappen und der Gramola spielte wieder einmal „Auf der Rue de Madeleine de Paris". Einfach wie die größten Giesinger Stenzen. Dann gabs Erbswurstsuppe zu Mittag. Nachher räumten wir Mädels noch den Tagesraum auf.

Hernach setzten wir uns alle noch einmal zusammen und machten höchst langweilige Pfänderspiele. Das Auslösen ging nie ohne Kuss ab. Einfach blöd. Dann dazu andauernd das blöde Gehänsel, es ist schade, dass die Fahrt so werden musste. Gegen ½ 5 Uhr brachen wir noch einmal auf zu einer Schneeballschlacht. Unterwegs wurde schon andauernd geschmissen, die Jungs warfen so energisch, dass man jedes Mal gleich zwei Meter hochhüpfte, wenn man einen Volltreffer bekam. Einigen ging es zu wuild zu, sie kehrten deshalb um. Gini, Paula und ich gingen noch mit und jetzt wurde es echt lustig. Wir warfen uns Schnee in ganzen Massen gegenseitig nauf, dass wir innerhalb von 10 Minuten von oben bis unten nass waren. Da waren auf einmal die Jungens wieder viel netter. Es war einfach eine Gaudi. Dann fabrizierten wir noch Schneerollen und wollten einen Schneemann bauen, der aber nicht glückte. Als es anfing zu dunkeln, gingen wir wieder zur JH zurück, pitsche-patsche nass.

Da unser Zug erst um 8 Uhr ging, konnten wir uns noch ein wenig trocknen und essen. Hernach setzten wir uns noch eine kurze Zeit zusammen und sangen Fahrtenlieder. Da waren wir endlich wieder BDM und HJ. Zum Bahnhof gingen wir auch singend. Das letzte Stück wurde im Schnelllauf zurückgelegt, sonst hätten wir den letzten Zug auch noch versäumt. So war es ganz schummrig und dunkel im Waggon. Dazu rollten die Räder, immerzu, immerzu, heim. Wir sangen fast den ganzen Weg. Aber es wurde wieder viel geredet und geneckt. So konnte nie der rechte Ton der Kameradschaft aufkommen. Es war überhaupt ganz falsch, dass wir uns ausgerechnet an Fasching kennen lernen mussten. Dadurch waren die gegenseitigen Meinungen so blöd und verschroben und seitdem redeten wir andauernd aneinander vorbei. Es ist sehr sehr schade, dass da nie der richtige Ton mehr aufkommt, wo doch auf beiden Seiten so nette Menschen wären.

Langsam rollte der Zug in den Bahnhof hinein, wieder einmal gings mit großer Fahrtenstimmung hinein in den Alltag. Zuerst kam ein großer Abschied, dann hauten die Jungs ab. Eins wunderte mich: Peps tut doch immer so, als ob ich ihn überhaupt nie was angegangen wäre und doch liegt ihm immer was daran, dass ich gut von ihm denke. Sagte er doch zum Schluss: „Du ich glaube, ich bin nicht schuld daran, dass die Fahrt so geworden ist. Ich hab mein Möglichstes getan". Der Weg vom Bahnhof heim war noch die größte Gaudi. Alle eingehängt, wieder die Tücherln auf dem Kopf, marschierten wir: Und eins, und zwei, und drei usw. Ich glaube, die Leute hielten uns für narrisch. Dann wieder unser Leib- und Magenlied: „Wenn im Tal..." Eine richtige Fahrtenstimmung, die zwar oft etwas unmöglich ist.

Allein daheim! Ein anfangs etwas unheimlicher Gedanke, aber man gewöhnt sich dran. Die ersten Tage waren furchtbar. Zu allem muss man sich einen inneren Anstoß geben und für manches bringt man den Willen nicht auf. Am Montag war gleich wieder Volkstanz. Ich sah Peps wieder und wie es immer geht, ich verlor wieder einmal so ungefähr meine Fassung. Und als Mila erst noch so über-

zeugt ganz niedrig über ihn sprach, da fing selbst ich an Peps zu zweifeln an, wusste nicht mehr, wie ich ihn verteidigen sollte. Da half mir Marianne. Sie ist ein fabelhafter Kamerad. Ich habe nur ein paar Stunden gezweifelt, heut bin ich wieder im Klaren darüber. Die Lenggrieser Fahrt hat viel Streit und Meinungsverschiedenheiten nach sich gezogen, besonders bei den Jungs.

Nun kam eine pfundige Zeit für mich. Ich war zwei Monate ganz allein zu Hause. Anfangs war es ziemlich greuslich, ich musste mich zu jeder Arbeit aufschwingen. Aber sonst war es einfach groß. Man konnte immer fort, wenn man eben wollte. Peps traf ich nicht mehr, ich sah ihn nur, wenn wir Volkstanz hatten. Letzterer war immer sehr nett.

1938 - Sommer in Unterjoch

Am Sonntag, den 31.Juli fuhren Paula und ich per Bahn nach Füssen und mit dem Privatwagen nach Unterjoch. Unterjoch, das war für mich ein ganz besonderes Gefühl, 8 Jahre war ich nicht mehr dort und hatte doch solche Sehnsucht danach. Es ist unbandig schön dort. Der kleine, an den langen Steinberg hingeschmiegte Ort ist rings von Bergen umrahmt, wo man hinschaut, nur Berge, Berge, Matten und Tannenwald. Überall grüßen Almen von luftigen Höhen und die Gipfelkreuze glitzern in der Sonne. Das schönste ist aber doch ein Abend im Allgäu. Wenn die Sonne langsam hinter den Bergen niedergeht, sie mit ihren letzten Strahlen glühend rot beleuchtet, wenn's überall duftet nach Heu und Wald, wenn die Kuhglocken langsam anfangen, durch den stillen Abend zu klingen, das sind Eindrücke die ich nie vergessen werde, -- das ist Unterjoch.

Also, wieder einmal in Unterjoch. Paula und ich wohnten ganz droben bei Frau Sophie und hatten ein lustiges Zimmer, das mit seinen 2 Fenstern grad in die Berge hinein ging. Die Eltern wohnten beim Thomas. Am Sonntag Abend gingen wir gleich mit nach Rehbach. Wohl ist es nimmer so romantisch wie früher und doch weckt es so nette Erinnerungen. Der Tiroler Wein schmeckte uns genau so gut wie früher, nur dass wir ihn jetzt doch schon unverdünnt trinken durften. Später holte ich die Klampfen und wir verbrachten einen ganz idyllischen Abend vor dem Haus. Im Angesicht der Berge mussten uns ja unsere vielen Gebirgler Lieder einfallen, die wir dann auch in den stillen Abend hineinsangen. Alle sangen sie dann mit, die Herren Meixner, Bürger und wie sie alle hiessen, es war genau so wie anno 1928, 29.

Am Montag morgen gingen wir mit Mutter zum Erdbeerpflücken aufs Hörndl. (evtl. Wertacher Hörnl, HFR). Am Dienstag stiegen Vater, Mutter, Liesl, Paula und ich auf den Kühgund, den Iseler und dann nach Oberjoch wieder ab. Es war sehr sehr schön.

Wieder einen Nachmittag verbrachten wir, indem Mutter, Liesl, Paula und ich Richtung Oberjoch wanderten und dann noch den schönen Blick von der Kanzel nach Hindelang und Obersdorf genossen. In der Ferne ragte der große Turm der Ordensburg Sonthofen, ein gewaltiges Bauwerk, in den Dunst. Wie ein weißes Band, schnurgerade und eben, lief zu unseren Füßen die Reichsautobahn, auf der wie kleine Käferlein die Unmassen von Autos hin-und herliefen. Stundenlang konnte man so hinunterschauen vom Adolf-Hitler-Pass weit hinaus ins Allgäuer Land. Gegen Abend kehrten wir wieder heim. Quer über Wiesen und Felder, über kleine Bacherl und Gräben, vorüber an einer

Sennhütten, einfach alles ist da drin idyllisch.

Wieder einen ganzen Tag brachten wir im „großen" Unterjocher Bad zu. Wasser war grad so wenig drin, dass man sich gerade umdrehen konnte. Nachmittags kam Rudl (der Bruder, HFR) aus Füssen her und dann stemmten wir beim Zinkenwirt (heute evtl. Zinkenstube, Zinkenhof, HFR) ein paar Radlermass. Abends gingen wir zum Krone, wo der Arbeiterdienst einen kleinen Tanzabend gestaltete und drehten uns zum Abschluss des Tages noch ein paar Mal im Tanze.

Aber trotzdem weckte uns Rudl am nächsten Morgen um ½ 5 Uhr, wir wollten aufs Geißhorn steigen. Mit etlicher Überwindung standen wir auch auf, wuschen uns und um ½ 6 Uhr saßen wir schon auf dem Rad und fuhren nach Schattwald und weiter zum Vilsalpsee. Dort hinten ist's malerisch schön. Zu beiden Seiten des geschlängelten schmalen Weges steigen steile Felswände auf, ab und zu durchbrochen durch ein Grasband oder einen kleinen Bergtannenwald. Auch Latschen sah man hie und da schon und einmal mussten wir gar unsere Räder über das wilde Gestein eines ausgetrockneten Wildbaches tragen, der es unfeinerweise mitten über den Weg geschwemmt hatte. Ganz romantisch – und plötzlich machte sich vor uns ein wunderschönes Bild auf. Die Felswände traten zurück und in diesem Talkessel lag mit ganz dunkelblauem Wasser – der Vilsalpsee. Nun mussten wir die Räder einstellen und unser Weg führte uns am See entlang zum Aufstieg zum Geißhorn. 3 ½ Stunden stiegen wir in glühender Sonne. Oben lag teilweise noch Schnee, in dem die Bergschafe ihre einzige Kühlung suchten. Wir schwitzten ungeheuer. Aber unsere Mühe wurde durch die fabelhafte Aussicht, die wir vom Gipfel hatten, reichlich belohnt. Wohin das Auge blickte, Berge, Berge und wieder Berge, noch ganz mit Schnee bedeckt. Ganz östlich ragte die Zugspitze und die Alpspitze aus dem Dunst hervor, ihr folgte das Massiv der Karwendelspitzen, die Tauern, die Ötztaler Alpen, der wilde Kaiser und ganz im Westen sahen wir ganz deutlich die 4 Pyramiden des Höfats. Zu unseren Füßen breiteten sich grüne Täler, in welchen putzige Sennhütten standen und Kühe friedlich weideten. Ganz unten lag in der Mittagssonne der Vilsalpsee, darüber, in einer höher gelegenen Mulde, der Traualpsee, und auf einem noch höher gelegenen Felsabschnitt die „Lache". Das sind die 3 berüchtigten Gebirgsseen, die fast direkt übereinanderliegen.

Plötzlich stiegen im Westen Wetterwolken auf, wir nahmen schnell Abschied vom Gipfel und stiegen ab. An einer Quelle nahmen wir unser Mittagsmahl ein und erfrischten uns. Rudl holte uns noch Latschen und Almrausch. Dann machten wir uns wieder auf den Weg und gelangten nach einem fantastisch wilden Abschnitt im Laufe des Nachmittags zum See, wo wir ein erfrischendes Bad nahmen. Kaum hatten wir uns wieder angezogen, fing es schon zu regnen an. Wir flüchteten schnell in das Gasthaus, wo wir unsre Räder hatten und stellten uns unter. Als der Hauptregen vorbei war, radelten wir wieder der Heimat zu. Bis wir am Steinberg angelangten, waren wir ziemlich nass. Trotzdem war unser erster 3000-er (2247 m, HFR) siegreich gestürmt.

Am nächsten Morgen schliefen wir natürlich ziemlich lange. Dann mussten wir schon wieder an die Heimreise denken. So dampften wir denn am Samstagmorgen wieder ab vom schönen Unterjoch. An diesem Tag haute es uns ehrlich um. Von Unterjoch bis Maising sind es immerhin 140 km. Mittags hatten wir schon Peiting hinter uns. Die

Sonne brannte glühend herunter, wir büßten wirklich unsere ganzen Sünden ab. In Maising fanden wir gute Aufnahme. Natürlich gings bald ins Bett. Am nächsten Morgen radelten wir an den Ammersee zum Baden. Es war recht nett dort. Auf der Heimfahrt kamen wir in ein furchtbares Unwetter. Vollständig durchnässt kam ich in München an. Die Wohnung leer und kalt, ein nicht gerade idyllisches Ausklingen unseres Traumurlaubes.

Die Eltern waren immer noch nicht daheim, also hatte ich eine sturmfreie Bude. Leider war Onkel Otto (Otto Roth *1885, HFR) da. Trotzdem versammelte sich unser ganzer Verein in meiner Bude, Fritz, Peps, Liesl, Erna, ich und Pierre. Ich kochte Tee und wir holten uns Kuchen. Es war eine Mordsgaudi.

1938 - In der Volkartstraße

Am Donnerstag, den 6.Oktober 1938, richteten Peps und Otto bei uns die Antenne für den Kleinempfänger ein. Den Apparat selbst brachten sie am Dienstag drauf. Mutter kochte Tee und es gab dazu Brote mit Wurst. Wie ich mir komisch vorkam. Mutter entdeckte gerade an diesem Tag, dass die Untersätze (die Peps geputzt hat) wunderschön seien. Überhaupt, zwei nette junge Leute, sagte sie. Ja, wenn sie, die Eltern, gewusst hätten. In Ginis Garten wogten wir auch öfters und haben dabei schon eine Bank aufgearbeitet.

Am Sonntag, den 23.Oktober, machte ich mit meinen Mädels eine Fahrt nach Lochen (westl. von Holzkirchen, HFR) Hilde, Hedi, Erna und ich fuhren mit dem Rad hin, Gini mit den Mädels. Es war eigentlich sehr nett. Am

Vormittag liefen wir nach Dietramszell. Nachmittags setzten wir uns auf eine Wiese und sangen. Um ½ 4 mussten die Mädels schon wieder fort. Als ich sie grad verabschiedet hatte, ging ich in die Küche an den Tisch hin und fragte den dort sitzenden Jungen, ohne ihn anzusehen, ob das vor ihm stehende Kochgeschirr seines sei. Als er verneinte, nahm ich es und als ich den Jungen anschaute, war es der Pierre. Haben die mich ausgelacht. Peps war auch da, Maxl und noch andere. So fuhren wir zu acht nach Hause. Ein paar „Unfälle" hatten wir schon zu verzeichnen und von der Wittelsbacher Brücke aus fuhr Maxl Erna auf der Lenkstange und Peps schob Ernas Rad nebenher. Zur Not gings. Ja, ja der Peps ist ein gescheiter Mann. Es war eigentlich ein netter Abschluss.

1939 - Zum Schifahrn in Lenggries

Noch einmal war es uns vergönnt, mit dem ganzen Schiverein einige Bergtouren zu machen. Am Wochenende, den 14./15.Januar fuhren wir alle miteinander nach Lenggries im die Juhe. Dieses Mal waren wir 18 Jungens und Mädels. Schon anfangs ergaben sich eine Reihe von Schwierigkeiten, da wir vom Stadtrat aus sammeln mussten. Aber mit List und Schläue kam ich doch bis Mittag los und so brauchte ich nicht nachfahren. Es war eine lustige Begrüßung. Der Fritz kam natürlich wieder zu spät und hat im Zug 3 x seine Fahrkarte verloren. Das ist doch ein rechtes Kreuz mit ihm. Es war natürlich wieder furchtbar lustig und als wir in Lenggries ausstiegen und in langer Kette der Juhe zu zogen, fielen wir direkt auf.

Außer uns war fast niemand in der Herberge, doch zu

unserem Bedauern schlief noch ein Mädchen in unserem Schlafraum. Natürlich wurde zuerst gleich wieder gegessen. Peps hatte seinen üblichen Kartoffelsalat mit Fleischpflanzl dabei, es schmeckte herrlich. Nach dem Essen gingen wir alle fort. So schön wie am Edelsberg war es hier nicht, doch ist so ein Spaziergang in winterlicher Landschaft immer schön. Wir zogen der Straße nach Obergries nach. Nur hie und da begegnete uns ein verspäteter Wanderer, sonst war alles still und ruhig. Eigentlich doch nicht ganz, denn unser „Gschroa" durchtönte die Nacht laut genug. Wir warfen Schneeballen, die Jungens balgten sich und es ging hoch her. Pierre gründete schließlich einen Verein zur Wahrung der Sitten, was aber auf uns keinen Eindruck machte. Er suchte mit seinen paar Anhängern im Dunkeln nach „unsittlichen" Vorgängen, dass aber er mit Lotte alle Augenblicke, ins Dunkel getaucht, stehen blieb, dazu sagte er nichts. Als wir uns genügend ausgetobt hatten, gingen wir nach Lenggries zurück und kehrten noch auf eine Mass ein. Zu lange hielten wir uns nicht auf, denn wir sehnten uns alle nach Schlaf. Aber um Dummheiten zu machen ist keiner zu müde gewesen. Schnell wurde im Wirtshausgang alles auf den Kopf gestellt, Körbe und Flaschen umgedreht, Bilder von der Wand genommen und das Billard mitten in den Weg gestellt. Als die Wirtin laut schimpfend herausrannte, hatte uns alle schon das schützende Dunkel aufgenommen.

In der Juhe gings schnell in die Klappe. Dumm, dass dieses fremde Gör in unserem Raum lag. Aber einen nächtlichen Besuch statteten sie uns doch ab und um Punkt 12 Uhr huschten plötzlich 3 Gestalten herein, lagen im Nu zwischen uns und dann war wieder atemlose Stille. Ich glaube, dass niemand etwas gemerkt hatte. Still und ruhig *nützten wir diese Minuten des Beisammenseins aus und ich ruhte glücklich in Peps' Armen. Doch da, was war das? Wir hörten Stimmen, Geräusche, unsere Tür wurde aufgestoßen und eine Funzel leuchtete uns sieben mitten in die Gesichter. D.h., sieben waren wir schon nicht mehr. Die drei waren beim ersten Laut blitzartig unter den Betten verschwunden. Da ertönte auch schon die tiefe Stimme des HB-Vaters: „Da schaug rauf, Marie, jetzt do schaug her, do schlafn die Buam bei die Madeln drin." Die drei aber schlupften behende zwischen den Beinen des HB-Vaters zur Tür hinaus und wir vier waren allein. Dieser machte nun auch plötzlich die Tür zu und verschwand. Bangend warteten wir auf weitere Schimpfworte und auf die Herbergsmutter. Doch nichts weiter geschah. Ruhe überall. Wie sollten wir die ganze Geschichte nun deuten? Als wir uns am nächsten Morgen mit schlechtem Gewissen am Zimmer der Herbergseltern vorbeischleichen wollten, klang uns ein fröhliches „Guten Morgen" und „Habts gut gschlafn?" entgegen. Wir waren ganz verdattert, entgegneten aber schnell den Gruß. Das war doch komisch.*

Als wir nachher beim Frühstück saßen, machten manche so verschmitzte Gesichter, dass wir uns überhaupt nicht mehr auskannten. Was sollte das nun bedeuten? Endlich, endlich bekannten sie Farbe und man kann sich unser Erstaunen kaum vorstellen, als wir wutentbrannt, aber doch erleichterten Herzens hörten, dass uns in dieser Nacht der Alfred einen Streich gespielt hatte und dass der HB-Vater gar nicht auf war.

Um 9 Uhr zogen wir alle los aufs Brauneck. Der Aufstieg ist ja nicht lang, aber er zog sich für uns in die Länge, denn Peps und Fritz machten andauernd so eine Gaudi, dass wir vor Lachen kaum einen Fuß vor den andern setzen konnten.

Wir bettelten und bettelten, aber sie hörten nicht auf. Die Dichterei ging uns bald auf die Nerven. Langsam aber sicher haben wir es doch geschafft. Die andern warteten droben auf uns und nach einer kleinen Pause und Mittagsmahl im Freien gings wieder hinunter. Die Abfahrt ist toll. Ziemlich steil ist sie und eine Unmasse von Leuten war da. Einfach schrecklich. Da hats mir am Edelsberg schon besser gefallen in der tiefen Wintereinsamkeit. Peps, Fritz, Alfred, Erika und ich waren der erste Trupp und sind glücklich um 4 Uhr drunten gelandet. Ohne etliche Stürze ist es natürlich nicht abgegangen. Um ½ 5 waren wir in der Juhe. Bis um 6 Uhr waren alle andern auch schön langsam angekommen. Wir setzten uns noch einmal gemeinsam zum Abendessen zusammen. Da gings ja immer lustig her. Vor lauter Witze Machen kommt man kaum zum Essen.

Das netteste aber ist, dass alles so gemeinsam geht. Man langt dahin, wo gerade was Reizbares für den Gaumen liegt und teilt von seinen Sachen so viel die andern wollen. Nichts darf übrigbleiben. Das einzige, was man höchstens wieder mit heimbringt, ist „a Trumm Brot" und „a Kasrindn". Das sind die Dinge, die erst begehrt wurden, wenn alle anderen Besseren aufgeputzt sind. Ein Teil von uns ging dann noch auf eine Mass ins Wirtshaus, aber nicht ins gestrige, sondern in eins, das wir noch nicht unsicher gemacht hatten. In einem sehr netten Nebenzimmer löschten wir unseren großen Durst. Der kleine Hansi sollte uns rechtzeitig ans Fenster klopfen. Da öffnete sich aber plötzlich die Türe, der kleine Stöpsel erschien und schrie in die friedliche Stille: „Schwoabts Eich naus!" Ehe wir uns entsetzen konnten, war er schon weg. Alle Gäste lachten laut und wir verschwanden schnell. Eilig gings nun zum Bahnhof. Wir erwischten ein ganz leeres Abteil. Schnell wurden die Lampen mit roten Kopftüchern verhängt und eine pfundige Stimmung kam auf. Wir sangen was uns grad einfiel, 6-stimmig, wenns grad passierte. Schon nett, aber laut. Die Ärmsten vom Abteil nebenan. Aber zum zünftigen Schifahrn gehört ein Lied. Lotte und ich können nur leider besser singen als Schifahrn. Fritz machte auch auf seinem Fotzhobel (Mundharmonika, HFR) Konzert. Rühren tat sich immer was. Und so schön warm wars und so angenehm müde war man.

Leider kam München viel zu schnell und wir mussten hinaus in die kalte Winternacht. Ein großes Abschiednehmen und jedes trottete seiner Behausung zu. Pfundig wars wieder einmal. Die meisten von unserem Schiverein habe ich nicht mehr gesehen....

Anhang 2: Wunschzettel Schilager 1940

"Wunschzettel" für unser Schilager am Spitzing:

Wir treffen uns am Mittwoch, den 25.12.40 um 1/2 5 Uhr früh
(auch bei Fliegeralarm) Ecke Heding-Albrechtstr. Pünktlich!!!

Vollständige Schiausrüstung, Schi, Kappe, Rucksack usw.

Mitzubringen für 5 und mehr Tage:

Trainingsanzug, Schlafsack, Viele Socken und Handschuhe, Hütten-
schuhe, Winterdirndl, Ersatzwäsche, Ersatzspital(!!??), Schiwachs
Handtücher und Waschtücher, Eßschüsseler, Marken (Brot und Fleisch)
Taschenlampe, Liederbücher u.w.usw.   Zeitungen   Felle

Essen:

7 - 8 Pfund ungekochte Kartoffeln,
Fett, soviel als möglich
Brot (bekommt man auch droben)
Zimt,Kümmel, Salz ,Zucker,Zwiebel, Maggi, Grünzeug
7-8 alte Semmeln (für Knödel) ungeschnitten
1/2 Pfund Spagetti
2 Braten-Sossen-Würfel
2 Rindssuppenwürfel
Endiviensalat
Tee (Teka- Fruchttee, grosse Packung)   ev.Schwarzen Tee für Punsch
Gebäck und Kuchen,   1 Glas Marmelade
Gewürzgurken
eventuel Essig für den Salat.

Ausserdem in Selbstverpflegung alles erreichbare mitnehmen,
da wir nur einal am Tag kochen. (Wein, Schnaps, Gebäck, usw.usw.)
Essen ist beim Wie bu ke immer schon eine grosse Hauptsache gewesen.

Mitzubringen für die, die nur 2 Tage fahren:
Alles genauso, nur in veringertem Masse.
(Kleinigkeiten und Gewürze weglassen)

Ausserdem bringt mir jedes Mädel am Montag zur Führerinnenweih-
nachtsfeier mit:
5 Tage: 150 Gramm Fleischmarken und 50 Pfennig
2 Tage: 100 Gramm Fleischmarken und 50 Pfennig.

Nicht zu vergessen sind die Felle.

Teilnehmer:
Irma Susi für Donnerstag und Mittwoch
Inge, Paula, Ruschka (nebst....??) für 5 Tage.

Für Neujahr wird nur 2 1 Pfund gekochte Kartoffeln mitgenommen
sonst Selbstverpflegung.

            Sie Du Ke -Heil

                        Der Vorstand.